光文社古典新訳文庫

ナルニア国物語②

# ライオンと魔女と衣装だんす

C・S・ルイス

土屋京子訳

kobunsha classics

JN166258

光文社

Title: THE LION, THE WITCH AND THE WARDROBE

1950

Author: C.S.Lewis

# 『ライオンと魔女と衣装だんす』もくじ

PETER

LUCY

SUSAN

EDMUND

挿画／YOUCHAN

# ライオンと魔女と衣装だんす

ルーシー・バーフィールドへ

親愛《しんあい》なるルーシー

ぼくは、きみのためにこの物語を書いた。けれど、書きはじめたとき、ぼくは女の子のほうが本よりもはやく成長《せいちょう》してしまうことを考えに入れていなかった。そんなわけで、きみはもう、おとぎ話を読むような年齢《ねんれい》ではなくなってしまい、この本が印刷《いんさつ》され製本《せいほん》されるころには、ますます大きくなってしまうだろう。でも、いつか、もっと大人《おとな》になったときに、ふたたびおとぎ話を読む日が来るかもしれない。そのときは、この本を本棚《ほんだな》の上のほうから取り出して、ほこりを払《はら》って、読んだ感想を聞かせてほしい。そのころには、ぼくはおそらく耳が遠くなり、ものごとを理解《りかい》する力も衰《おとろ》えて、きみの言うことがわからないかもしれない。それでも、変《か》わらずきみのことを愛《あい》しているよ。

きみの名付《なづ》け親《おや》　C・S・ルイス

# 1 ルーシー、衣装《いしょう》だんすをのぞく

むかし、ピーター、スーザン、エドマンド、ルーシーという四人の子どもたちがいた。この物語は、四人の子どもたちが戦争中《せんそう》に空襲《くうしゅう》を避《さ》けてロンドンから疎開《そかい》していたあいだに起こったことである。子どもたちが預《あず》けられた疎開先というのは、ある老教授《ろうきょうじゅ》の屋敷《やしき》で、都会からずいぶん離《はな》れた片田舎《かたいなか》にあった。いちばん近い鉄道の駅まで一五キロ、いちばん近い郵便局《ゆうびんきょく》まででも三キロはある、というほどの田舎だった。教授には妻《つま》がなく、広大な屋敷にはミセス・マクレディという家政婦《かせいふ》と三人のお手伝《てつだ》いさん（名前はアイヴィ、マーガレット、ベティというが、この物語にはほとんど登場しない）が住みこみで働《はたら》いていた。教授自身はかなり高齢《こうれい》で、髪《かみ》は白くてぼさぼさだったし、顔にも髪と同じように白いひげがいっぱい生えていて、子どもたちは一目《ひとめ》でこの教授《きょうじゅ》が好《す》きになった。もっとも、屋敷《やしき》に着いた晩《ばん》に玄関《げんかん》で出迎《でむか》えてくれた教授と顔を合わせたときには、ずいぶん風変《ふうが》わりな教授のようすを見てルーシー（四人のなかでいちばん年少）は少しおびえてしまったし、エドマンド（二番目に年少）は笑《わら》いたくなってしまい、それを隠《かく》すためにずっと鼻をかんでいるふりを続《つづ》けなければならなかった。

最初《さいしょ》の夜、子どもたちは教授におやすみのあいさつをして上階《うえ》に引きあげたが、部屋に落ち着くが早いか、男の子たちが女の子たちの部屋へやってきて、おしゃべりが始まった。

「ぼくたち運がいいぞ、まちがいない」ピーターが言った。「これは楽しくなるぞ！あのおじいさんなら何でも好きなようにさせてくれるよ」

「よさそうな人じゃないの」スーザンが言った。

「ふん、偉《えら》そうに！」エドマンドが言った。エドマンドは疲《つか》れているくせに疲れていないふりをしようとしていて、そういうときはいつもきげんが悪くなるのだ。「そういう言い方、やめてほしいね」

YOUCHAN

時間でしょ」

「どういう言い方？」スーザンが言い返した。「どっちにしても、あんた、もう寝《ね》る時間でしょ」

「ほら、また母さんみたいな口きいて」エドマンドが言った。「『もう寝る時間でしょ』だって。何様のつもりだよ？　自分こそ、さっさと寝りゃいいだろ」

「みんな、もう寝たほうがいいんじゃない？」ルーシーが言った。「こんなふうにしゃべってるのが見つかったら、きっと叱《しか》られるわよ」

「だいじょうぶだよ」ピーターが言った。「こういう屋敷《やしき》じゃ、ぼくたちが何やってるかなんて、誰《だれ》も気にしやしないよ。どっちにしろ、ぼくたちの声は聞こえないだろうし。だって、ここから階下《した》のダイニング・ルームまで、歩いて一〇分もかかるんだよ？　しかも、そのあいだには階段《かいだん》や廊下《ろうか》がいっぱいあるし」

「え、いまの音、何？」とつぜん、ルーシーが声をあげた。ルーシーはこんな大きな屋敷に泊《と》まるのは初《はじ》めてだったので、たくさんの長い廊下やがらんとした空《あ》き部屋ばかりが並《なら》んでいたのを思い出して、少し心細く感じはじめていたのだった。

「ただの鳥だよ、バ～カ」エドマンドが言った。

「フクロウの声だよ」ピーターが言った。「ここは、いろんな鳥がいっぱいいると思うよ。ぼく、もう寝《ね》ようっと。ね、あした、みんなで探検《たんけん》に出かけようよ。こういう場所だもの、いろんなものが見つかると思うんだ。来るとき、山がたくさん見えただろう？　森もあったし。ワシがいるかもしれないよ。あと、雄《お》ジカとか。タカも」

「アナグマも！」と、ルーシー。

「キツネも！」と、エドマンド。

「ウサギも！」と、スーザン。

ところが、翌朝《よくあさ》になってみると、雨がざあざあ降《ふ》っていた。窓《まど》から外を見ても、山なみも見えないし、森も見えなかった。庭園の中を流れている小川さえ見えなかった。

「どうせこんなことだろうと思ったよ！」エドマンドが言った。四人は教授《きょうじゅ》といっしょに朝ごはんを食べたあと、上階《うえ》の部屋に引きあげてきたところだった。この部屋は教授が子どもたちのために用意してくれた部屋で、細長くて天井《てんじょう》が低《ひく》く、二つの窓から外の景色《けしき》が見えて、別《べつ》のもう二つの窓からも別の景色を見わたすことができた。

「エド、ぶつくさ言わないの」スーザンが言った。「きっと、一時間もすれば雨なんかやむわよ。それまでは、ここで遊べばいいじゃない。ラジオもあるし、本もたくさんあるし」

「ぼくは、ちがうことしたいな」ピーターが言った。「この屋敷《やしき》を探検《たんけん》するんだ」

全員がこの提案《ていあん》に賛成《さんせい》し、こうして冒険《ぼうけん》が始まった。この屋敷は探検しつくすのが不可能《ふかのう》なくらいに広くて、あちこちに思いもかけないような場所があった。最初《さいしょ》にのぞいてみた二、三の部屋は客用のベッドルームで、みんなが想像《そうぞう》したとおりだった。しかし、まもなく、四人は奥行《おくゆ》きのものすごく長い部屋に行きあたった。その部屋の壁《かべ》にはたくさんの絵がかかり、鎧《よろい》も一そろい飾《かざ》ってあった。その次にのぞいた部屋は壁紙《かべがみ》からカーテンまでぜんぶ緑色の部屋で、片《かた》すみにハープが置《お》いてあった。そこから階段《かいだん》を三段下りて五段上がると小さなホールのような場所があって、そこのドアを開けると二階のバルコニーに出られるようになっていた。その先はたくさんの続《つづ》き部屋になっていて、どの部屋も壁が本でびっしり埋《う》まっていた。ほとんどがすごく古い本ばかりで、なかには教会に置いてある聖書《せいしょ》より大きな本もあった。そして、そのあとまもなく、四人は大きな衣装《いしょう》だんすがひとつ置《お》いてあるだけのがらんとした部屋を見つけた。衣装《いしょう》だんすは扉《とびら》の内側《うちがわ》に姿見《すがたみ》がついているような古風なたんすで、その部屋にはその古くさい衣装だんすのほかには何もなく、窓枠《まどわく》にアオバエの死骸《しがい》が一つ落ちているだけだった。

「何もなし！」ピーターの声に従《したが》って、みんな部屋からぞろぞろと出ていった――ルーシー以外《いがい》は。ルーシーは、衣装だんすの扉はきっと鍵《かぎ》がかかっているだろうと思ったけれど、もしかして開くかどうか試《ため》してみようと思って部屋に残《のこ》ったのだった。意外なことに、衣装だんすの扉は簡単《かんたん》に開き、虫よけの樟脳玉《しょうのうだま》が二個《こ》こぼれ出てきた。

衣装だんすをのぞいてみると、コートがたくさんかかっていた。ほとんどは丈《たけ》の長い毛皮のコートだった。ルーシーは毛皮のにおいと感触《かんしょく》が何よりも好《す》きだったので、さっそく衣装だんすの中にはいりこみ、コートのあいだに分け入って、毛皮に頰《ほお》をすりつけた。もちろん、たんすの扉は開けたままにしておいた。衣装だんすにはいりこんで扉を内側からぴったり閉《し》めるなんて、馬鹿《ばか》な子のすることだと知っていたからだ。衣装だんすの奥《おく》へはいっていくと、一列目の後ろに二列目のコートがかかっていた。

そのあたりはほとんどまっ暗で、ルーシーはたんすの背板《せいた》におでこをぶつけないように両手を前に伸《の》ばしたかっこうで進んでいった。もう一歩進み、そしてもう二、三歩進んだ。そろそろ指先にたんすの板がさわるはずだと思いながら進んでいったのだが、指先には何も触《ふ》れなかった。

「どれだけ大きなたんすなの！」ふんわりしたコートを左右に分けて奥《おく》へ奥へと進みながら、ルーシーは思った。と、そのとき、足の下で何かがザクザクくだけるような感触《かんしょく》があった。「まだここにも樟脳玉《しょうのうだま》が落ちてたのかしら？」と思いながら、ルーシーはかがんで手さぐりしてみた。手に触れたのは、硬《かた》くてすべすべした衣装《いしょう》だんすの床板《ゆかいた》ではなく、何か柔《やわ》らかくてさらさらした粉《こな》のようなもので、ものすごく冷《つめ》たかった。「どうなってるの？」と思いながら、ルーシーはさらに一、二歩進んだ。

次の瞬間《しゅんかん》、ルーシーは顔と手に触れているのが柔らかい毛皮ではなく、何か硬くてざらざらでチクチク刺《さ》さるような感じのものであることに気づいた。「何これ？木の枝《えだ》みたい！」ルーシーは声をあげた。見ると、前方に光があった。しかも、衣装だんすの背板があるはずの数センチ先ではなく、もっとずっと先のほう。しかも、上からは冷たくて柔《やわ》らかいものが降《ふ》ってくる。気づいたら、ルーシーは夜の森に立っていた。足もとには雪が積《つ》もり、空からも雪が舞《ま》い落《お》ちていた。

ルーシーは少しぎょっとしたが、同時に好奇心《こうきしん》をかきたてられ、胸《むね》がわくわくした。肩《かた》ごしにふりかえると、暗い木々のあいだから、まだ衣装《いしょう》だんすの開いた扉《とびら》が見えたし、扉の先にがらんとした部屋の風景《ふうけい》もちらっと見えた（言うまでもないが、ルーシーは衣装だんすの扉を開けたままにしておいた。衣装だんすにはいって内側《うちがわ》から扉を閉《し》めきるなんて大馬鹿者《おおばかもの》のすることだと心得《こころえ》ていたからだ）。衣装だんすのむこうの世界は、まだ昼間のように見えた。「まずいことになったら、いつでももどればいいわ」そう考えながら、ルーシーは雪を踏《ふ》みしめ、前方に見える光をめざして森の中を歩きはじめた。一〇分ほど歩いたら、光のところまでたどりついた。それは街灯《がいとう》の光だった。なぜこんな森の中に街灯が立っているのだろう、これからどうしようか、などと考えながら光を見つめていたところへ、パタパタと近づいてくる足音があった。と思ったら、とんでもなく変《か》わった姿《すがた》の人物が木々のあいだから街灯の光の中へ姿をあらわした。

その人はルーシーよりほんの少しだけ背《せ》が高く、傘《かさ》をさしていて、傘には白く雪が積《つ》もっていた。腰《こし》から上は人間の姿《すがた》だが、足はヤギのような形でつややかな黒い毛におおわれ、足先は二つに割《わ》れたヤギのひづめになっていた。その人にはしっぽもあったのだが、雪の中をひきずらないよう傘を持ったほうの腕《うで》にきちんとかけてあったので、最初《さいしょ》ルーシーはしっぽに気づかなかった。その人物は首に赤い毛糸のマフラーを巻《ま》き、かなり赤みがかった色の肌《はだ》をしていた。小ぶりな顔は奇妙《きみょう》だが人のよさそうな顔つきで、先のとんがった短いあごひげを生やし、髪《かみ》の毛はくるくるにカールしていた。そして、その巻《ま》き毛《げ》のあいだから、ちょうど額《ひたい》の両脇《りょうわき》あたりに、二本の角《つの》が生えていた。さっきも書いたように、その人物は片方《かたほう》の手に傘を持っていた。そして、もう一方の腕には、茶色の紙で包《つつ》んだ箱をいくつも抱《かか》えていた。雪の中を箱をいくつも抱えて歩く姿は、ちょうどクリスマスのショッピングから帰ってきたところのように見えた。その人物は、フォーン[1]だった。ルーシーの姿を見たフォーンはびっくり仰天《ぎょうてん》して、抱えていた荷物をぜんぶ落としてしまった。

「これはなんと！　なんと！」フォーンは声をあげた。

1　ローマ神話のファウヌス。ヤギの耳、角《つの》、尾《お》、後ろ足を持った半人半獣《はんじんはんじゅう》の牧神《ぼくしん》。笛の名手で、性格はおとなしい。

YOUCHAN

## 2 ルーシーが見たもの

「こんばんは」ルーシーは声をかけた。しかし、フォーンは落とした荷物を拾い集めるのに大わらわで、返事をしなかった。荷物を拾いおえたところで、フォーンはようやく小さなおじぎをした。

「こんばんは。どうも、こんばんはです」フォーンが言った。「あの、おそれいります――その、立ち入ったことをおたずねするようで失礼《しつれい》ですが、ひょっとして、おたくはイヴの娘《むすめ》さんであると思ってまちがいございませんでしょうか?」

「わたし、ルーシーって言います」フォーンの言っている意味がよくわからなくて、ルーシーはそう返事をした。

「はい。でも、おたくは――失礼ですが――いわゆる女の子、というものでしょうかね?」フォーンがたずねた。

「もちろん、わたしは女の子よ」ルーシーが答えた。

「とすると、もしかして、人間ということで?」

「もちろん、人間です」ルーシーはあいかわらず当惑《とうわく》しながら答えた。

「そうでしょうね、そうでしょうとも」フォーンが言った。「まったく、わたしときたら馬鹿《ばか》なことを聞いて! でも、わたし、アダムの息子《むすこ》さんやイヴの娘《むすめ》さんをこれまで一度も見たことがないのです。いやぁ、うれしいな。だって――」そこでフォーンは口を閉《と》じた。思わず何かを口走りそうになったものの、すんでのところで思いとどまった、というような感じだった。「よかった、うれしいです」と、フォーンは言葉を続《つづ》けた。「自己紹介《じこしょうかい》をさせてください。わたしはタムナスと申します」

「はじめまして、タムナスさん」ルーシーは言った。

「ひとつおたずねしてもよろしいでしょうか、イヴの娘であられるルーシーさん?」タムナスが言った。「ナルニアへは、どのようにしておいでになったのですか?」

「ナルニア? 何のことですか?」ルーシーが言った。

「ここはナルニア国なのです」フォーンが答えた。「わたしたちがいまいる、この場所は。この街灯《がいとう》から、東の海辺《うみべ》にそびえるケア・パラヴェルのお城《しろ》まで、ずうっとナルニアの国なのです。とすると、あなたは、つまり……西のほうの森からやってこられたわけですか？」

「わたしは、その……客間《きゃくま》の衣装《いしょう》だんすからはいって来たんです」ルーシーは言った。

「はぁ！」タムナスさんはひどく気落ちした声を出した。「子どものころ、もっとちゃんと地理を勉強しておけばよかった。そうすれば、いろんな外国の話ももっとわかっただろうに。いまさら手遅《ておく》れですね」

「ううん、外国なんかじゃないんです」ルーシーは笑《わら》いをこらえながら言った。「この後ろの、ほんのすぐそこ……だと思いますけど。あっちは夏でした」

「それにひきかえ、ナルニアは冬です」タムナスさんは言った。「ずっとずっと前から冬なんです。こんな雪の中で立ち話をしていたら、わたしたち二人とも、かぜをひいてしまいますよ。とこしえの夏がまぶしい〈いっしょたんす〉の街《まち》が栄《さか》える遠き〈きゃふま〉の国からおいでになったイヴの娘《むすめ》さん、わが家《や》へいらしてお茶でも一杯《ぱい》いかがでしょう？」

「どうもありがとうございます、タムナスさん」ルーシーは言った。「でも、わたし、もう帰らないと」

「うちは、すぐそこですから」フォーンが言った。「暖炉《だんろ》の火があかあかと燃《も》えていますし、トーストもありますよ。オイル・サーディンも。ケーキも」

「まあ、それはご親切に」ルーシーは言った。「じゃ、ほんの少しだけ」

「どうぞ、わたしの腕《うで》をお取りになって、イヴの娘さん」タムナスさんが言った。「二人でこの傘《かさ》にはいってまいりましょう。そうです、そうです。さ、まいりましょう」

そんなわけで、ルーシーは、まるでずっと前からの知り合いだったかのようにこの奇妙《きみょう》な生き物と腕を組んで、森の中を歩きはじめたのだった。

いくらも進まないうちに足もとが岩だらけの険《けわ》しい道になり、二人は小さな丘《おか》をいくつも越《こ》えて歩いていった。そのうちに、狭《せま》い谷を下りきったところでタムナスさんが急に向きを変《か》えた。そして、巨大《きょだい》な岩につっこむんじゃないかと思った次の瞬間《しゅんかん》、目の前に洞穴《ほらあな》の入口があった。中にはいったとたん、暖炉《だんろ》で燃《も》える薪《まき》の火の明るさに、ルーシーは目をぱちくりさせた。タムナスさんは腰《こし》をかがめて小さな火ばしで暖炉の中から火のついた薪を取り出し、それを使ってランプに火を入れた。「すぐにしたくをしますからね」と言って、タムナスさんは手早くやかんを火にかけた。

こんなにすてきな場所は見たことがないわ、とルーシーは思った。そこはからりと乾燥《かんそう》した狭《せま》いながらも清潔《せいけつ》な洞穴で、壁《かべ》や天井《てんじょう》は赤みがかった石でできていた。床《ゆか》にはカーペットが敷《し》いてあり、小さな椅子《いす》が二脚《きゃく》(「一つはわたし用、もう一つは友だち用です」とタムナスさんは言った)とテーブルと食器戸棚《しょっきとだな》があり、暖炉の上には炉棚《ろだな》があって、その上に灰色《はいいろ》のあごひげを生《は》やした年寄《としよ》りのフォーンの肖像画《しょうぞうが》がかかっていた。部屋のすみにドアがあって、きっとそのむこうにタムナスさんの寝室《しんしつ》があるのだろうとルーシーは思った。壁ぎわには本がぎっしり並《なら》んだ本棚《ほんだな》があった。タムナスさんがお茶の用意をするあいだ、ルーシーは並んでいる本の背表紙《せびょうし》を眺《なが》めた。『シレノス[1]の生涯《しょうがい》および著作《ちょさく》』『ニンフ[2]のならわし』『人間と修道士《しゅうどうし》と森番《もりばん》――民間伝承《みんかんでんしょう》の一考察《いちこうさつ》』『人間は神話か?』

「さあ、どうぞ、イヴの娘《むすめ》さん！」フォーンの声がした。

すばらしいお茶のしたくができていた。半熟《はんじゅく》にゆでた茶色のおいしそうなタマゴが一人一個《こ》ずつ。オイル・サーディンをのせたトースト。バターを塗《ぬ》ったトースト。ハチミツを塗ったトースト。砂糖《さとう》をかけたケーキ。ルーシーが満腹《まんぷく》したところで、フォーンが話をはじめた。フォーンはすばらしく話し上手《じょうず》で、森の暮《く》らしをいろいろと語り聞かせてくれた。真夜中にダンスパーティーが開かれて、泉《いずみ》に住んでいるニンフや森に住んでいるドリュアス[3]が姿《すがた》をあらわしてフォーンといっしょに踊《おど》りあかすこと。ミルク色の雄《お》ジカをつかまえると願《ねが》いをかなえてもらえるので、この雄ジカを追って延々《えんえん》と狩猟《しゅりょう》パーティーが続くこと。森の地面の下のはるか深いところにある鉱床《こうしょう》や洞窟《どうくつ》で気性《きしょう》の荒《あら》い赤ドワーフ族[4]といっしょに楽しむ宴会《えんかい》や宝探《たからさが》しのこと。夏になって森が緑になるころ年取った森の精《せい》シレノスが太ったロバに乗って訪《たず》ねてくること。ときにはバッカス御大《おんたい》[5]も顔を見せることがあって、そんなときには森のいたるところを流れる水がすべてワインに変《か》わり、森をあげてのお祭り騒《さわ》ぎが何週間も続《つづ》くこと。「いまじゃ、冬以外《いがい》の季節《きせつ》なんかなくなっちゃって」と、タムナスさんは暗い表情《ひょうじょう》で言った。それから、タムナスさんは自分の気分をひきたてるように、戸棚《とだな》に置《お》いてあったケースの中から麦わらのようなものでできた不思議《ふしぎ》な小さい笛を取り出して、吹《ふ》きはじめた。タムナスさんが奏《かな》でる音色《ねいろ》を聞いているうちに、ルーシーは泣《な》きたいような笑《わら》いたいような踊《おど》りたいような眠《ねむ》りたいような、わけのわからない気分になった。ルーシーがはっと我《われ》に返ったときには、すでに何時間もたっていたと思われる。

「あの、タムナスさん、まだ途中《とちゅう》なのに、ごめんなさい。とってもすてきな曲なんだけど、ほんとうに、わたしもう帰らないと。ほんの五分くらいおじゃまするだけのつもりだったのに」

1　ギリシア神話に登場する森の精《せい》。
2　ギリシア・ローマ神話に登場する海、川、森、山などの精霊《せいれい》。
3　ギリシア神話に登場する樹木《じゅもく》の精霊。
4　北欧《ほくおう》神話では地下に住む背の低い種族で、金属細工《きんぞくざいく》の腕を持つとされる。
5　ローマ神話に登場するワインの神。

「もうだめですよ、いまごろ」フォーンは笛を置《お》いて、とても悲しそうな表情《ひょうじょう》で首を横に振《ふ》った。

「もうだめ、って?」ルーシーはどきっとして、椅子《いす》から飛《と》びあがった。「どういうことですか? わたし、いますぐ帰らなくちゃならないの。みんな、わたしのことを心配してると思うし」そう言った直後に、ルーシーは、「タムナスさん! どうしたの?」と声をあげた。というのは、フォーンの茶色の瞳《ひとみ》がうるんだと思ったら、みるみる涙《なみだ》が頬《ほお》を伝《つた》い、鼻の先からぽたぽた垂《た》れ落ちはじめたからだ。そのうちとう、タムナスさんは両手で顔をおおって大声で泣《な》きだした。

「タムナスさん! タムナスさん、ったら!」ルーシーはうろたえて声をかけつづけた。「泣かないで! 泣かないでください! どうしたの? ぐあいが悪いの? ねえ、タムナスさん、どうしたのか、わたしに話してちょうだい」けれども、フォーンは胸《むね》がはりさけそうな声をあげて泣きじゃくるばかりだった。ルーシーがそばへ行って両腕《りょううで》で肩《かた》を抱《だ》いてやり、ハンカチを貸《か》してやっても、フォーンは泣きやまなかった。タムナスさんはハンカチを受け取って涙をふき、ハンカチがぐっしょり濡《ぬ》れるた

YOUCHAN

びに両手でしぼっては泣《な》きつづけたので、ルーシーの足もとに水たまりができそうなくらいだった。

「タムナスさん！」ルーシーはフォーンの耳に向かって大声でどなり、肩を揺《ゆ》さぶった。「泣くのをやめてください、ってば！　いますぐ！　恥《は》ずかしいと思わないの、あなたみたいなりっぱな大人《おとな》のフォーンが。いったい何をそんなに泣いているの？」

「おぅ――おおぅ――おおぅ！」タムナスさんは泣きじゃくりながら答えた。「わたしは悪いフォーンなんです。だから、泣いているんです」

「タムナスさんは、ちっとも悪いフォーンだとは思わないわ」ルーシーは言った。「タムナスさんは、とってもいいフォーンだと思います。わたしが会ったことのある中でいちばん親切なフォーンだわ」

「おぅ――おおぅ――ほんとうのことを知ったら、そんなこと言わないでしょう」タムナスさんは泣きじゃくりながら言った。「わたしは悪いフォーンなのです。世界が始まって以来《いらい》、わたしほど悪いフォーンはいないと思います」

「でも、タムナスさんが何をしたというの？」ルーシーがたずねた。

「わたしの父だったら」タムナスさんは言葉を続《つづ》けた。「そこの暖炉《だんろ》の上にかかっている絵がわたしの父なんですが、父だったら、こんなことはぜったいにしなかったと思います」

「どんなこと？」

「わたしがしたようなことです」フォーンが答えた。「白い魔女《まじょ》に仕えるなんて。それがわたしの正体なんです。わたしは白い魔女に使われているんです」

「白い魔女？　それって誰《だれ》ですか？」

「誰って、ナルニア全土をがっちり支配《しはい》しているのが白い魔女ですよ。ナルニアを一年じゅう冬にしているのも、その魔女なんです。いつまでもずっと冬で、そのくせクリスマスはぜったい来ないんです。考えてもみてください！」

「なんてひどいことなの！」ルーシーが言った。「でも、その魔女は何の目的《もくてき》であなたを使っているの？」

「そこが最悪《さいあく》なところなんです」タムナスさんは低い声でうめくように言葉をしぼり出した。「わたしは人さらいなんです。魔女に命令《めいれい》されて人さらいを働《はたら》くんです。イヴの娘《むすめ》さんよ、このわたしを見てください。どういう者に見えます？　フォーンが森の中で何の罪《つみ》もないいたいけな子どもと出会う、その子はフォーンに何ひとつ悪さをしたわけでもないのに、フォーンは親しげなふりをしてお茶に招《まね》いて家に誘《さそ》いこむ……。ほんとうの目的《もくてき》は、その子を眠《ねむ》らせて白い魔女に引《ひ》き渡《わた》すことなんです。わたし、そういうことをするフォーンに見えませんか？」

「いいえ」ルーシーは言った。「あなたはそんなことをする人じゃないと思うわ」

「でも、そうなんです」フォーンが言った。

「だとしたら」ルーシーは慎重《しんちょう》に言葉を選《えら》んだ（思うところを正直に伝《つた》えたいが、あまりきつい言葉は使いたくなかったから）。「だとしたら、それはかなり悪いことだと思います。だけど、あなたはすごく後悔《こうかい》しているようだから、もう二度とそんなことはしないでしょう？」

「イヴの娘さん、わからないのですか？」フォーンが言った。「これは、わたしが以前にやったことではないんです。いまのいま、やっていることなんです。まさにいま、この瞬間《しゅんかん》に」

「なんですって?」ルーシーは真《ま》っ青《さお》になった。

「あなたが、その子どもなのです」タムナスは言った。「わたしは、森でアダムの息子《むすこ》かイヴの娘《むすめ》を見かけるようなことがあったらつかまえて引き渡《わた》すように、と白い魔女《まじょ》から命令《めいれい》されているのです。そして、あなたは、わたしが初《はじ》めて出会ったイヴの娘さんなのです。だから、わたしは友だちのふりをしてあなたをお茶に誘《さそ》って、さっきからずっと、あなたが眠《ねむ》りこむのを待って魔女に通報《つうほう》しようとしていたのです」

「えっ! でも、そんなことしないでしょう、タムナスさん?」ルーシーは言った。「ね、しないでしょう? だめです、そんなことしちゃだめです」

「通報しなければ、かならず魔女に見つかってしまいます」フォーンはふたたび泣《な》きじゃくりはじめた。「見つかったら、しっぽをちょん切られて、角《つの》をのこぎりで切られて、あごひげをむしられて、魔女の杖《つえ》のひと振《ふ》りでわたしのこの美しい二つ割《わ》れのひづめを割れ目なしのひづめにされてしまいます。みっともない馬のひづめみたいに。魔女の怒《いか》りがもっと大きければ、わたしは石にされてしまいます。魔女の恐《おそ》ろしい館《やかた》に並《なら》んでいる石像《せきぞう》にされてしまうんです。その呪《のろ》いは、ケア・パラヴェルの四つの王座《おうざ》に四人の王たちが就《つ》くまで、とけません。そんな日がいつ来るのか……。そもそもそんな日がほんとうに来るのかどうかだって、わからないんです」

「タムナスさん、とてもお気《き》の毒《どく》だとは思いますけど、わたしを家に帰してください」ルーシーは言った。

「もちろん、そうしますよ」フォーンが言った。「もちろんです。帰してあげなくては。いまになって、わかりました。あなたに出会うまで、わたしは人間というものがどういうものなのか知りませんでした。もちろん、あなたを魔女《まじょ》に渡《わた》すなんて、できっこありません。あなたと知りあったいまとなっては。いますぐ出発しましょう。街灯《がいとう》のところまでお送りします。そこから〈きゃふま〉と〈いっしょたんす〉までの道は、わかりますね？」

「もちろん、わかります」

「できるだけ物音をたてずに行かなくてはなりません」タムナスさんは言った。「森じゅう、あちこちに魔女のスパイがいますから。木々の中にさえ、魔女の側《がわ》についている者があるんです」

二人はお茶のあとかたづけもせずに出発した。タムナスさんは来たときのように傘《かさ》をさしてルーシーに腕《うで》を貸《か》し、二人は雪の中を歩きだした。けれども、帰り道は、フォーンの家へやってきたときとはまるでちがう道行きだった。二人はひとこともしゃべらず、できるだけ足早にこそこそと歩き、タムナスさんはいちばん暗い場所を選《えら》んで歩いた。街灯《がいとう》のところまでもどってきたとき、ルーシーはやっと安心した。

「イヴの娘《むすめ》さん、ここから先の道は、わかりますね？」タムナスが言った。

ルーシーが木々のあいだに目をこらすと、遠くに昼間の光とおぼしき明るい部分がぽつんと見えた。「ええ、衣装《いしょう》だんすの扉《とびら》が見えるわ」

「じゃ、急いでお帰りなさい」フォーンが言った。「あ、あの……わたしがしようとしたこと、許《ゆる》してくれますか？」

「もちろんよ」ルーシーは心をこめてフォーンと握手《あくしゅ》した。「わたしのせいで、あなたが恐《おそ》ろしい目にあわなければいいんだけど」

「さらばです、イヴの娘さん」フォーンは言った。「このハンカチ、いただいておいていいですか？」

「もちろん！」ルーシーは遠くに見える光めざして全力で駆《か》けだした。すると、やがて、両腕《りょううで》をかすっていた硬《かた》い枝《えだ》が毛皮のコートに変《か》わり、足もとでザクザク音をたてていた雪が木の床板《ゆかいた》に変わったと思ったら、ルーシーは衣装《いしょう》だんすから転げ出して、冒険《ぼうけん》が始まる前と同じがらんとした空《あ》き部屋にもどっていた。ルーシーは衣装だんすの扉《とびら》をしっかり閉《し》めて、息をはずませながら部屋を見まわした。外はまだ雨が降《ふ》っていて、廊下《ろうか》からみんなの話し声が聞こえた。

「わたし、ここよ！」ルーシーは叫《さけ》んだ。「ここにいるわよ！　もどってきたの。わたし、だいじょうぶだったのよ！」

# 3　エドマンドと衣装《いしょう》だんす

がらんとした部屋から廊下《ろうか》へ走り出てみると、三人がいた。

「だいじょうぶよ」ルーシーはもう一度言った。「わたし、もどってきたから」

「ルーシーったら、何言ってんの？」スーザンが言った。

「え？　みんな、わたしがどこへ行ったんだろうって探《さが》してたんじゃないの？」ルーシーはびっくりして聞き返した。

「つまり、ルーは隠《かく》れてたんだね？」ピーターが言った。「かわいそうに、せっかく隠れてたのに、誰《だれ》も気がついてくれなかったんだ！　みんなに探してもらいたかったら、もうちょっと長いあいだ隠れてないとだめだよ」

「だって、わたし、何時間もむこうに行ってたのよ？」ルーシーは言った。

ほかの三人は顔を見合わせた。

「ここがいかれたんじゃないか?」エドマンドが指先で自分の頭をコツコツやりながら言った。「完全《かんぜん》にいかれてる」

「どういうことなの、ルー?」ピーターがたずねた。

「だから、いま言ったとおりよ」ルーシーが答えた。「朝ごはんのあと、すぐ、衣装《いしょう》だんすの中にはいったの。それで、何時間も何時間もむこうへ行ってて、お茶もしたし、いろんなことが起こったの」

「馬鹿《ばか》なこと言わないでよ、ルーシー」スーザンが言った。「わたしたち、いま、あの部屋から出てきたばかりよ。あんた、さっきまで、そこにいたじゃないの」

「ルーシーは馬鹿なこと言ってるわけじゃないよ」ピーターが言った。「おもしろい作り話をしただけさ。そうだろ、ルー? それなら話はわかる」

「ちがうんだってば、ピーター。作り話じゃないの」ルーシーはむきになって言った。「あれは――あれは魔法《まほう》の衣装だんすなの。衣装だんすの中に森があって、雪が降《ふ》ってて、フォーンがいて、魔女《まじょ》がいて、ナルニア国っていう場所なの。いっしょに来て、見てみてよ」

ほかの三人は話がさっぱりわからなかったが、ルーシーがあまりいっしょけんめいに言うので、みんなでさっきの部屋にもどって見てみようということになった。ルーシーは先頭に立って衣装《いしょう》だんすに駆《か》け寄《よ》り、扉《とびら》を勢《いきお》いよく開けて、「ほら！　中にはいって自分の目で見てみてよ！」と言った。

「変《へん》な子ねえ」と言いながらスーザンが衣装だんすに頭をつっこみ、毛皮のコートを左右に分けて、「ふつうの衣装だんすじゃないの。ほら、そこの背板《せいた》までで終わりでしょ！」と言った。

そのあと、男の子たちも衣装だんすに頭をつっこみ、コートを左右に分けて見た――ルーシー自身も見た――が、それはどこにでもあるごくふつうの衣装だんすだった。森もなければ、雪もなし、フックのついた衣装だんすの背板が見えるだけだった。ピーターがたんすの奥まではいっていって、背板をこぶしでトントンたたいて、まちがいなく木の板であることを確《たし》かめた。

「うまくかついだね、ルー」衣装だんすから出てきながらピーターが言った。「すっ

YOUCHAN

かりだまされちゃったよ。もしかしたらほんとうかと思っちゃった」

「かついだんじゃないのよ」ルーシーは言った。「ほんとうに、ほんとうなの！　さっきまで、ぜんぜんちがってたんだから。うそじゃない、ほんとなんだもん」

「もういいだろう、ルー」ピーターが言った。「ちょっとやりすぎだよ。もう十分に楽しませてもらったから。そのくらいにしといたら？」

ルーシーは顔を真っ赤《まっか》にして反論《はんろん》しようとしたが、何をどう言えばいいのかわからなくて泣《な》きだしてしまった。

それから数日のあいだ、ルーシーはひどくみじめな気分で過《す》ごした。あんなのはぜんぶ作り話の冗談《じょうだん》だった、とひとこと言えたら、いつだってすぐにほかのきょうだいと仲直《なかなお》りできたのだが、ルーシーはうそのつけない子だったし、何より自分はほんとうのことを言っているのだという真実を曲げることはできなかった。きょうだいたちは三人ともルーシーがうそをついている、それもくだらないうそをついていると思っていて、それがルーシーを傷《きず》つけた。上のピーターとスーザンはわざと妹をいじめるようなことはしなかったが、エドマンドはひねくれたところがあって、今回もルーシーに意地の悪い口をきいた。エドマンドはルーシーをあざけり、冷《ひ》やかして、屋敷じゅうにあるほかの戸棚でも新しい国を見つけたのかと聞いては、ルーシーをさんざんからかった。しかも、さらに悪いことに、この数日間は、そんなことさえなければとても楽しいはずの日々だった。天気のよい日が続《つづ》いて、子どもたちは朝から晩《ばん》まで外で泳いだり、魚つりをしたり、木登りをしたり、ヒースの野原に寝《ね》ころんだりして過《す》ごしたのだった。でも、ルーシーは心から楽しむことができなかった。そんな日々が続いたあと、また雨降《あめふ》りの日がやってきた。

その日は午後になっても雨がやむ気配《けはい》がなかったので、子どもたちは屋敷《やしき》の中でかくれんぼをして遊ぶことにした。スーザンが鬼《おに》になり、ほかの三人が隠《かく》れ場所を探《さが》して散《ち》っていったとき、ルーシーは例《れい》の衣装《いしょう》だんすがある部屋へ向かった。衣装だんすの中に隠れるつもりはなかった。そんなことをすれば、またみんなにあの話をむしかえされて、いやな思いをするだけだとわかっていたからだ。でも、ルーシーは、もう一度だけ衣装だんすの中をのぞいてみたかった。というのは、いまとなっては、ルーシー自身でさえ、ナルニアやフォーンはもしかしたら夢《ゆめ》だったのかもしれないという気もちになりかけていたからだった。屋敷《やしき》はものすごく広くて複雑《ふくざつ》な構造《こうぞう》で隠《かく》れ場所はいくらでもあったから、ルーシーはちょっとだけ衣装《いしょう》だんすの中をのぞいて、そのあとどこか別《べつ》の場所に隠れるつもりだった。ところが、衣装だんすの前まできたとき、外の廊下《ろうか》に足音が聞こえた。ルーシーはしかたなく衣装だんすに飛《と》びこんで、内側《うちがわ》から扉《とびら》を閉《し》めた。ただし、扉をきっちり閉めるようなことはしなかった。たとえ魔法《まほう》の衣装だんすでなかったとしても、衣装だんすの中に閉《と》じこめられるほど馬鹿《ばか》げたことはないとわきまえていたからだ。

ルーシーが聞いた足音は、エドマンドだった。エドマンドが部屋にはいってきたとき、ちょうどルーシーが衣装だんすの中に消える後《うし》ろ姿《すがた》が見えた。エドマンドはすぐに自分も衣装だんすにはいってみることにした。衣装だんすをかっこうの隠れ場所だと思ったからではなく、ありもしない国のことを話すルーシーをまたからかってやろうと思ったからだった。エドマンドは衣装だんすの扉を開けた。前にのぞいたときと同じようにコートがたくさん吊《つ》るしてあり、虫よけの樟脳玉《しょうのうだま》のにおいがした。中はまっ暗で、しんとして、ルーシーの姿はなかった。「ルーシーのやつ、スーザンがつかまえに来たと思ってるんだな。だから、たんすの奥《おく》のほうでじっとしてるんだ」とエドマンドは思った。エドマンドは衣装《いしょう》だんすに飛《と》びこんで、扉《とびら》をぴっちり閉《し》めた。それがどれほど愚《おろ》かなことか、すっかり忘《わす》れていたのだ。そのあと、エドマンドは真《ま》っ暗闇《くらやみ》の中で手を伸《の》ばしてルーシーを探《さが》しはじめた。ものの二、三秒で見つかるにちがいないと思っていたのに、意外にもルーシーは見つからなかった。エドマンドは衣装だんすの扉を開けて中に光を入れてよく見ようと思ったが、扉を見つけることもできず、あわててめちゃくちゃに手さぐりしながら、「ルーシー！　ルー！　どこにいるんだよ？　ここにいるのは、わかってんだぞ」と大きな声を出した。

ルーシーの返事はなく、エドマンドは自分の声が奇妙《きみょう》な聞こえかたをすることに気がついた。衣装だんすの中で響《ひび》く声ではなく、戸外でしゃべっているような声に聞こえたのだ。それに、あたりがやけに寒かった。そのとき、光が見えた。

「やれやれ、助かった」エドマンドは言葉をもらした。「扉がひとりでに開いたんだな」エドマンドはルーシーのことなどすっかり忘れて、光のほうへ進んでいった。衣装だんすの扉が開いて光がはいってきたと思ったのだ。ところが、部屋にもどれるものとばかり思っていたエドマンドが足を踏《ふ》み出《だ》したのは、モミの暗い木《こ》かげを抜《ぬ》けた先に広がる森の空《あ》き地《ち》だった。

足もとはサクサク音をたてる乾《かわ》いた雪で、木々の枝《えだ》にも大量《たいりょう》の雪が積《つ》もっていた。頭上を見上げると、よく晴れた冬の朝のような淡《あわ》いブルーの空が広がっていた。真正面に、木々の幹《みき》のあいだから、ちょうど昇《のぼ》りはじめた朝日が見えた。鮮《あざ》やかな赤い色をした夜明けの太陽だった。あたりはしんと静《しず》まりかえっていて、自分以外《いがい》にこの国で息をしているものなどひとつもないような気がした。木々のあいだにコマドリもリスもいないし、右を見ても左を見てもはてしなく森が続《つづ》いている。エドマンドは身震《みぶる》いをした。

そういえばルーシーを探《さが》しにきたんだっけ、と、エドマンドはようやく思い出した。そして自分が「ありもしない国」のことでそれまでルーシーにどんなに嫌《いや》がらせをしてきたかを思い出した。「ありもしない国」どころか、ナルニアはいま自分の目の前に広がっているではないか。ルーシーはきっとすぐ近くにいるのだろうと思ったエドマンドは、大声で呼《よ》んでみた。「ルーシー！　ルーシー！　ぼくも来たよ――エドマンドだよ！」

返事はなかった。

「ぼくがさんざんからかったから、ルーシーのやつ、怒《おこ》ってるんだ」エドマンドは考えた。自分がまちがっていたことを認《みと》めるのはおもしろくなかったが、この冷《つめ》たく静《しず》まりかえった見知らぬ場所にひとりぼっちでいるのもいやだったので、もういちど大声で呼《よ》んでみた。

「おーい、ルー！　うそだなんて言って、ごめんよ。ほんとのことだったたって、わかったよ。出てきてくれよ。仲直《なかなお》りしよう」

それでも、返事はなかった。

「だから女子は嫌《きら》いなんだ」エドマンドはつぶやいた。「すねてどっかに隠《かく》れちゃって、ごめんって言っても許《ゆる》してくれないんだから」エドマンドはあたりを見まわし、この場所はどうも虫が好《す》かないからもう家に帰ろうと思いかけた。そのとき、はるか遠くのほうから音が聞こえてきた。鈴《すず》の音《ね》だ。エドマンドが聞き耳をたてていると、鈴の音はどんどん近づいてきて、やがてそりが見えた。二頭のトナカイがそりをひいていた。

トナカイはシェトランドポニーくらいの大きさで、毛は真っ白だった。あまりに白いので、トナカイにくらべると雪でさえさほど白くは見えないくらいだった。トナカイの枝分《えだわ》かれした角《つの》は金ぴかで、昇《のぼ》る朝日を受けて燃《も》えあがるように輝《かがや》いていた。トナカイとそりをつなぐハーネス[1]は深紅《しんく》で、びっしりと鈴《すず》がついていた。そりの御者《ぎょしゃ》席《せき》にすわってトナカイを操《あやつ》っているのは太ったドワーフで、身長が九〇センチくらいに見えた。ドワーフはシロクマの毛皮を着て、頭に赤いフードをかぶり、フードの先端《せんたん》には長い金色のふさ飾《かざ》りがついていた。ドワーフは巨大《きょだい》なあごひげを生やしており、それが膝《ひざ》のあたりまで垂《た》れて膝掛《ひざか》けがわりになっていた。そして、ドワーフの後方、そりの真ん中の高くなった座席《ざせき》に、ドワーフとはまったく見かけの異《こと》なる人物がすわっていた。それは巨大な貴婦人《きふじん》で、エドマンドが見たことのあるどんな女の人よりも背《せ》が高かった。その貴婦人もドワーフと同じく首まですっかり隠《かく》れる白い毛皮の

1　荷を引く動物（馬や犬やトナカイなど）と馬車やそりなどをつなぐ金具や革帯《かわおび》などの装具《そうぐ》。

マントに身を包み、右手に長いまっすぐな金色の杖《つえ》を持ち、頭に金色の王冠《おうかん》をかぶっていた。顔は真っ白だった。それは単《たん》に青白いというような白さではなく、雪か紙か砂糖《さとう》のアイシング[2]のように真っ白で、唇《くちびる》だけが真《ま》っ赤《か》な色をしていた。顔色を別《べつ》にすれば美しい顔つきではあったが、尊大《そんだい》で冷酷《れいこく》で厳《いか》めしい表情《ひょうじょう》だった。シャンシャンと鈴《すず》を鳴らし、ドワーフが鞭《むち》をふるい、雪を左右に蹴散《けち》らしながら近づいてくるそりは、なかなかみごとな眺《なが》めだった。

「止まれ！」貴婦人《きふじん》が命じた。ドワーフがいきなり手綱《たづな》を強く引きしぼったので、二頭のトナカイは尻《しり》もちをつくようなかっこうで停止《ていし》した。そのあと、トナカイたちはふたたび立ち上がり、はみ[3]をかんで首を振《ふ》り、息を吐《は》いた。凍《い》てつくような寒さの中で、トナカイの吐く息が白い煙《けむり》のように見えた。

「そちは何者じゃ？」貴婦人がエドマンドをにらみすえて聞いた。

「ぼく……ぼくは……その、エドマンドだけど」エドマンドはどぎまぎしながら答えた。貴婦人の目を見て、嫌《いや》な目つきだと思った。

貴婦人は顔をしかめた。「それが女王に対する口のききかたか」貴婦人はますます険《けわ》しい表情《ひょうじょう》で言った。

「申しわけございません、陛下《へいか》、知らなかったんです」エドマンドは言った。

「ナルニアの女王を知らぬと?」貴婦人《きふじん》は声をはりあげた。「は! これからよく教えてやろう。よいか、もういちど聞く。そちは何者じゃ?」

「すみません、陛下。おっしゃる意味がわかりません。ぼくは小学生で……少し前まで学校に通ってたけど、いまは夏休みで……」

---

2　菓子《かし》の飾りつけ用に粉砂糖《こなざとう》を水でといたもの。
3　馬などに装着《そうちゃく》するくつわの、口にくわえさせる部分。

# 4　ターキッシュ・デライト

「ええい、そちは何者なのじゃ?」女王がもう一度聞いた。「大きく育ちすぎたドワーフがあごひげを切り落とされたものか?」

「いいえ、陛下《へいか》」エドマンドは答えた。「ぼくはひげなんか生えたことありません。まだ子どもなので」

「子ども、とな! ということは、そちはアダムの息子《むすこ》か?」

エドマンドは黙《だま》ったまま立ちつくしていた。頭の中がごちゃごちゃになって、何を聞かれているのか理解《りかい》できなくなってしまったのだ。

「いずれにせよ、馬鹿者《ばかもの》のようじゃな」女王が言った。「答えてみよ。何度も言わせるでないわ。いらいらする。そちは人間か?」

「はい、陛下《へいか》。そうです」エドマンドは言った。

「いったいどのような次第《しだい》で、わらわの領地《りょうち》へはいってきたのか？」

「申し上げます、陛下、衣装《いしょう》だんすを通って来たのです」

「衣装だんす？　どういうことじゃ？」

「ぼく……ぼく、扉《とびら》を開けたんです。そしたらここに来てたんです、陛下」

「ほう！」女王はひとりごとのようにつぶやいた。「扉か。人間界からここへ来る扉、となー　そのような話を聞いたことはある。これは大いなる災《わざわ》いかもしれぬ。だが、この小童《こわっぱ》は、たった一人きりじゃ。造作《ぞうさ》もなく片付《かたづ》けられよう」そうつぶやきながら女王は立ち上がり、ぎらぎらと燃《も》える目でエドマンドを見すえると同時に金の杖《つえ》を振《ふ》り上《あ》げた。エドマンドは女王が何か恐《おそ》ろしいことをしようとしているにちがいないと思ったが、動くことができなかった。もうだめだ、とエドマンドが観念《かんねん》したとき、女王の気が変《か》わったようだった。

「おお、かわいそうに」女王はそれまでとはうってかわった猫《ねこ》なで声《ごえ》を出した。「ずいぶん寒そうに凍《こご》えておるではないか！　ここへ来てそりに乗れ。わらわの横にすわるがよい。わらわのマントをかけてやろうぞ。少し話をしようではないか」

エドマンドは気が進まなかったが、断《ことわ》る勇気《ゆうき》もなかったので、そりに乗りこんで女王の足もとに腰《こし》を下ろした。女王は毛皮のマントのすそをエドマンドにかぶせ、しっかりとくるんだ。

「何かあたたかい飲み物でも、どうじゃ？　何か飲みたいか？」女王がたずねた。

「はい、陛下《へいか》、お願《ねが》いします」エドマンドは寒くて、歯がガチガチ鳴っていた。

女王はマントのひだのあいだからとても小さなびんを取り出した。エドマンドの目には、銅《どう》でできているように見えた。女王はびんを持った手を伸《の》ばし、そりの横に積《つ》もった雪の上に何かを一滴《ひとしずく》垂《た》らした。宙《ちゅう》を落ちていくしずくがダイヤモンドのようにきらめいた。その一滴が雪の上に落ちた瞬間《しゅんかん》、シュルシュルと音がして、宝石《ほうせき》をはめこんだコップがあらわれた。コップには湯気《ゆげ》のたつ飲み物がはいっていた。ドワーフがさっとコップを取り、にやっと笑っておじぎをしながらエドマンドに手渡《てわた》した。いやな感じの笑《わら》いかただった。熱《あつ》い飲み物をすすったら、エドマンドはずいぶん気分がよくなった。それはいままで味わったことのない味で、とても甘《あま》くて、泡《あわ》がふわふわしていて、クリームたっぷりの飲み物だった。エドマンドは足の先までほかほかとあたたまった。

「アダムの息子《むすこ》よ、飲み物ばかりで食べ物がなくては、つまらぬであろう」女王が言った。「おまえのいちばん好《す》きな食べ物は、何じゃ?」

「ターキッシュ・デライト[1]です、陛下《へいか》」エドマンドは答えた。

女王が小びんからもう一滴《ひとしずく》を雪の上に垂《た》らすと、たちまち緑色のシルク・リボンがかかった丸い箱があらわれた。開けてみると、最高級《さいこうきゅう》のターキッシュ・デライトがどっさりはいっていた。どれも甘《あま》くて、中のほうまでふわふわもちもちで、エドマンドはこんなにおいしいものは食べたことがないと思った。からだがすっかりあたたまり、いい気分になった。

エドマンドが食べているあいだ、女王は次々に質問《しつもん》をしてきた。はじめのうち、エ

1　Turkish Delight。「トルコ風の歓《よろこ》び」の意。砂糖《さとう》にコーンスターチやナッツや香料《こうりょう》などを加えて作るトルコの菓子《かし》で、もっちりした食感があり、かなり甘い。トルコ語では「ロクム」。

ドマンドは口に食べ物を入れたまましゃべるのは行儀《ぎょうぎ》が悪いというマナーを気にしていたが、すぐにそんなことは忘《わす》れて、できるだけたくさんターキッシュ・デライトを口に放りこむことしか考えられなくなった。ターキッシュ・デライトは食べれば食べるほどもっと食べたくなる味で、女王がなぜそんなに根掘《ねほ》り葉掘《はほ》りいろいろと聞きたがるのか、エドマンドはもう不審《ふしん》にさえ思わなくなった。女王はエドマンドから兄と姉と妹がいることを聞き出し、さらに、妹がすでにナルニアへ来てフォーンと出会っていること、きょうだい四人のほかには誰《だれ》ひとりナルニアの話を知らないこと、などを聞き出した。女王がとくに関心《かんしん》を示《しめ》したのはエドマンドが四人きょうだいであるという点で、女王はそのことをくりかえし確《たし》かめた。「まちがいなく、そのほうのきょうだいは四人だけなのだな? アダムの息子《むすこ》が二人と、イヴの娘《むすめ》が二人で、しかと相違《そうい》ないのだな?」エドマンドは口いっぱいにターキッシュ・デライトをほおばったまま、「そうです、さっき言ったとおりです」と答えをくりかえした。「陛下《へいか》」と言いそえるのを忘れたが、女王はもうそのことを気にしていないようだった。

とうとうターキッシュ・デライトは食べつくされ、エドマンドは空《から》っぽになった箱

YOUCHAN

を穴《あな》のあくほど見つめながら、女王が「おかわりはいかが？」と聞いてくれることを願《ねが》った。おそらく、女王はエドマンドの考えていることなど先刻承知《せんこくしょうち》であったにちがいない。エドマンドは知らなかったが、そのターキッシュ・デライトには魔法《まほう》がかかっていて、一度でもそれを口にした者はもっともっと食べたくなる、食べすぎて死んでしまうまで食べつづけるようになる、という菓子《かし》だったのである。しかし、女王はエドマンドにおかわりは勧《すす》めず、こう言った。

「アダムの息子《むすこ》よ、わらわはそちの兄や姉や妹にぜひとも会ってみたい。わらわのところへみなを連《つ》れてきてはくれぬか？」

「やってみます」エドマンドは、あいかわらず空《から》になったお菓子の箱を見つめたまま答えた。

「そちがふたたびここへもどってきたら――もちろん、きょうだい全員を連れて、という意味であるが――そのときは、またターキッシュ・デライトを食べさせてやろうぞ。いまは、もうこれ以上《いじょう》やるわけにはゆかぬ。魔法は一度きりなのでな。わらわの館《やかた》へ行けば、話は別であるが」

「いますぐ行くわけにはいかないのですか？」エドマンドは言った。最初《さいしょ》そりに乗りこんだときには、どこか知らないところへ連《つ》れていかれて帰れなくなるんじゃないかと心配していたのに、いまではそんな心配もどこかへ吹《ふ》き飛《と》んでしまった。

「わらわの館《やかた》は、それは美しいところじゃ」女王が言った。「そちも、かならずや気に入るであろう。館にはターキッシュ・デライトで埋《う》めつくされた部屋がいくつもある。しかも、わらわには子がおらぬゆえ、りっぱな男《お》の子《こ》を育てて王子とし、わらわが亡《な》きあとにはナルニアの王にしたいと考えておる。王子になったら、金の冠《かんむり》をつけて、朝から晩《ばん》までターキッシュ・デライトを食べておればよい。そちは、わらわがこれまでに見た少年の中で、いちばん頭が良《よ》くてりっぱじゃ。わらわは、いずれ、そちを王子にしようと思う――そちがきょうだい全員を連れてわらわを訪《たず》ねてきてくれた折《お》りにはな」

「いまじゃ、だめなんですか？」エドマンドは言った。エドマンドは顔が真《ま》っ赤《か》にほてり、口と指は砂糖《さとう》でべたべたになって、どう見ても、女王の言う「頭が良くてりっぱな」少年には見えなかった。

「いや、いまそちを館《やかた》に連《つ》れていけば、わらわはそちのきょうだいに会えぬことになる。わらわは、ぜひとも、そちの類《たぐ》いまれなるきょうだいに会いたいのじゃ。そちは、王子になり、いずれは王となる身。それは約束《やくそく》しよう。しかし、王には廷臣《ていしん》や貴《き》族《ぞく》が必要《ひつよう》じゃ。そちの兄は公爵《こうしゃく》とし、女きょうだいたちは公爵夫人《ふじん》としよう」

「きょうだいなんか、みんな何の取《と》り柄《え》もありませんよ」エドマンドは言った。「それに、どっちにしろ、またいつだって三人を連れてくることぐらいできます」

「ああ、しかし、いったんわらわの館に着いたら、そちはきょうだいのことなど、すっかり忘《わす》れてしまうかもしれぬ。館の暮《く》らしがあまりに楽しいゆえ、きょうだいを迎《むか》えに行くのがめんどうに思われるやもしれぬ。いや、ならぬ。そちはいったん自分の国へもどり、また日をあらためて、きょうだいを連れて来るのじゃ。よいな。きょうだいを連れずに来たのでは、意味がない」

「でも、ぼく、自分の国へ帰る道もわからないんです」エドマンドは食い下がった。

「容易《たやす》きことじゃ」女王が答えた。「あそこにランプが見えるであろう？」女王が金の杖《つえ》で指《さ》し示《しめ》した方向をふりかえると、街灯《がいとう》が見えた。ルーシーがフォーンに出会った場所だ。「あれを越《こ》してまっすぐ進めば、人間の世界に出る。それから、こちらを見よ」——と言って、女王は反対の方角を指《さ》し示《しめ》した——「木々の上に小さな丘《おか》が二つそびえておるのが見えるか？」

「見える……と思います」

「わらわの館《やかた》は、あの二つの丘のあいだにある。こんど来るときには、街灯《がいとう》を目印《めじるし》に来て、そこからあの二つの丘をめざして森を抜《ぬ》けてくるがよい。そして、忘《わす》れるでないぞ——ほかのきょうだいを連《つ》れてくるのじゃ。そち一人のみで来るようなことになれば、わらわはひどく立腹《りっぷく》せざるをえぬ」

「できるだけ、やってみます」エドマンドは言った。

「ところで」女王が言った。「ほかのきょうだいには、わらわのことは黙《だま》っておけばよい。わらわとそちと二人だけの秘密《ひみつ》にしておくほうが、楽しかろう？　きょうだいを驚《おどろ》かせてやるのじゃ。とにかく、ほかの三人をあの二つの丘のあいだへ案内《あない》せよ。そちのように頭のよい子どもならば、口実《こうじつ》などいかようにでも作れよう。そして、わが館に着いたら、『ここに誰《だれ》が住んでいるのか、見てみよう』とでも言えばよい。それがいちばんよかろう。そちの妹はフォーンに会ったことがあると言うたな。フォーンから、わらわについてつまらぬ作り話を吹《ふ》きこまれておるかもしれぬ──ろくでもない話を聞かされて、ここへ来るのをいやがるかもしれぬ。フォーンどもは何を言うか、わかったものではないからの。それから──」

「お願《ねが》いです、お願いします」エドマンドは女王の言葉をさえぎった。「あと一個《こ》だけでいいんです、家に帰るとちゅうで食べたいので、あと一個だけターキッシュ・デライトをいただけませんか？」

「いや、いや、そうはゆかぬ」女王は笑って言った。「次まで待つのじゃ」そう言いながら、女王はドワーフに合図してそりを出させた。そして、遠ざかっていくそりの上からエドマンドに手を振《ふ》り、「またこんど、またこんどじゃ！　忘《わす》れるでないぞ。すぐにもどってこい」と声をかけた。

去っていくそりを見つめてエドマンドが立ちつくしていたとき、自分の名を呼《よ》ぶ声がした。あたりを見まわすと、ルーシーが森の別《べつ》の方角からやってくるところだった。

「お兄ちゃん！」ルーシーが声をあげた。「お兄ちゃんもこっちの世界に来たのね！

ねえ、ここってすばらしいと思わない？　それに――」

「ああ、わかったよ」エドマンドは言った。「おまえの言うとおり、魔法《まほう》の衣装《いしょう》だんすだったよ。謝《あやま》ってほしいなら、謝ってやるよ。それにしても、どこへ行ってたんだ？　あちこち探《さが》したんだぞ」

「お兄ちゃんも来るってわかってたら、待っててあげたのに」ルーシーはうれしくて有頂天《うちょうてん》になっていたので、エドマンドのとげとげしい口調《くちょう》や妙《みょう》に紅潮《こうちょう》した顔色に気づかなかった。「わたし、フォーンのタムナスさんのところでランチをいただいてたの。タムナスさん、元気そうだったし、わたしを逃《に》がしたことで白い魔女《まじょ》から罰《ばつ》を受けたりもしなかったんだって。たぶん今回のことは見つからなかったんだろうってタムナスさんは言ってたわ。このぶんならだいじょうぶそうだ、って」

「白い魔女？　それ、何者なんだ？」エドマンドが聞いた。

「とんでもない女よ」ルーシーが答えた。「自分のことをナルニアの女王って言ってるんだって。女王になる権利《けんり》なんか、これっぽっちもないのに。フォーンも、ドリュアスも、ナイアス[2]も、ドワーフも、動物たちも、みんな――少なくともいい者たちはみんな――とにかくこの女が大嫌《だいきら》いなんだって。この女は人を石に変《か》えることもできるし、とにかくありとあらゆる恐《おそ》ろしいことをするの。それに、魔法《まほう》を使ってナルニアをずっと冬にしちゃったのよ。ずっとずっと冬で、しかもクリスマスはいつまで待っても来ないの。それで、その女はトナカイにひかせたそりを乗りまわしていて、手には杖《つえ》を持っていて、頭に王冠《おうかん》をかぶってるんだって」

エドマンドはターキッシュ・デライトを食べすぎたせいですでに気もちが悪くなっていたが、自分が友だちになった貴婦人《きふじん》が危険《きけん》きわまりない魔女《まじょ》だと聞いて、ますます胸が悪くなった。けれども、エドマンドの中では、とにかくあのターキッシュ・デライトをもういちど食べたいという思いが何にも勝《まさ》っていた。

「白い魔女について、そんなにいろいろなこと、誰《だれ》から聞いたんだ?」エドマンドはたずねた。

「タムナスさんよ、フォーンの」ルーシーが答えた。

「フォーンの言うことなんか、信用《しんよう》できないよ」エドマンドは、いかにも自分のほうがルーシーより物知りであるかのような口調《くちょう》で言った。

「誰《だれ》がそんなこと言ったの?」ルーシーがたずねた。

「常識《じょうしき》だよ」エドマンドが答えた。「誰にでも聞いてみりゃいい。それにしても、こんなふうにして雪の中に立っててもしょうがないや。家に帰ろう」

「そうね、帰りましょ」ルーシーが言った。「お兄ちゃんが来てくれて、ほんとうによかったわ! わたしたち二人がここに来たのなら、ほかの二人もナルニアの話を信《しん》じないわけにはいかないわよね。そしたら、どんなに楽しいかしら!」

しかし、エドマンドはルーシーのように手放《てばな》しでは喜《よろこ》べない気分だった。きょうだい全員の前でルーシーが正しかったことを認《みと》めなくてはならなくなるし、ほかの二人はきっとフォーンや動物たちの側《がわ》につくにちがいないと思った。けれど、エドマンド自身は、もう半分以上《いじょう》も魔女《まじょ》の側についてしまっていたから、自分としては何と言えばいいのかわからなかったし、みんながナルニアについて話を始めたら自分の秘《ひ》密《みつ》を隠《かく》しておけるかどうかも心配だった。

2　ギリシア神話の水の精《せい》で、泉《いずみ》や川の神の娘《むすめ》とされる。

二人はもうずいぶん長い距離《きょり》を歩いていた。すると、そのとき、とつぜん左右に触《ふ》れるものが木の枝《えだ》からコートに変《か》わり、次の瞬間《しゅんかん》、二人とも衣装《いしょう》だんすから飛び出《とだ》して、がらんとした部屋に立っていた。

「あら、お兄ちゃん、顔色がへんだけど、ぐあいが悪いの?」ルーシーが聞いた。

「だいじょうぶ」とエドマンドは答えたが、ほんとうは吐《は》きそうな気分だった。

「じゃ、行きましょ」ルーシーが言った。「みんなを探《さが》さなきゃ。話すことがいっぱいあるんだもの! みんないっしょなら、きっと、すばらしい冒険《ぼうけん》になるわ!」

## 5　扉《とびら》のこちら側《がわ》では

かくれんぼがまだ続行中《ぞっこうちゅう》だったので、エドマンドとルーシーがほかの二人を見つけるには、しばらく時間がかかった。ようやく四人全員がそろったところで（それは鎧《よろい》かぶとが飾《かざ》ってある細長い部屋だった）、ルーシーが堰《せき》を切ったように話しはじめた。

「ピーター！　スーザン！　ぜんぶほんとうだったのよ。エドマンドも見たの。衣装《いしょう》だんすの中から行ける国が、ほんとうにあるの。エドマンドもわたしも行ってきたんだから。むこうで、森の中でばったり出会ったのよ。さあ、エドマンド、みんなに聞かせてあげて」

「いったいどういうことなんだ、エド？」ピーターが言った。

さて、ここからがこの物語でとくに不愉快《ふゆかい》なところだ。このときまで、エドマンドは気分が悪く、きげんも悪く、ルーシーが正しかったことが腹立《はらだ》たしくてならなかったのだが、自分がどういう態度《たいど》に出るかはまだ何も決めていなかった。ところが、いきなりピーターから質問《しつもん》されたものだから、エドマンドの心は瞬間的《しゅんかんてき》に考えつくもっとも卑怯《ひきょう》で意地悪な方向へ動いてしまった。ルーシーを裏切《うらぎ》ることにしたのだ。

「どういうことなの、エド?」スーザンも言った。

エドマンドは自分がルーシーよりずっと年上（実際《じっさい》には一歳《さい》しかちがわない）であるような優越感《ゆうえつかん》たっぷりの顔にせせら笑《わら》いを浮《う》かべながら、こう言ったのだった。

「ああ、それね。ルーシーとぼくはごっこ遊びをしてたんだ——衣装《いしょう》だんすの中に国があるっていうルーシーの話がぜんぶほんとうだってことにして。もちろん、ほんの冗談《じょうだん》だけどね。そんなもの、あるはずないだろ」

かわいそうに、ルーシーはエドマンドに一瞥《いちべつ》をくれると、部屋から走り出ていってしまった。

ますます根性《こんじょう》がひねくれてきたエドマンドは、自分の思いつきが大成功《だいせいこう》したと思って調子に乗り、追いうちをかけた。「ほら、また、ああなんだから。あいつ、いったいどうなってるわけ？　だからチビは困《こま》るんだよな、いつだって――」

「おい！」ピーターがエドマンドを厳《きび》しい口調でとがめた。「いいかげんにしろ！　おまえ、ルーが衣装《いしょう》だんすのことで変《へん》な話をするようになってからずっと、ルーにひどいことばかりしてるじゃないか。そのうえに、こんどはルーのごっこあそびにつきあって、ますます妄想《もうそう》をあおったのか。おまえ、わざと意地悪でやったんだろう」

「けど、こんなの、ただのくだらない話じゃないか」エドマンドはピーターの語気《ごき》にひどく面くらって言った。

「もちろん、ただのくだらない話さ。だからこそ問題なんじゃないか」ピーターが言った。「こっちへ疎開《そかい》してくるまで、ルーはどこもおかしなところなんてなかった。でも、ここへ来てからのルーは、頭がどうかなったか、そうでなけりゃ大うそつきになったとしか思えない。どっちにしても、一方でそれを冷《ひ》やかしたり責《せ》めたりしといて、もう一方であおったりするなんて、おまえいったいどういうつもりなんだ？」

「ぼくは――ぼくが考えてたのは――」エドマンドは何か言おうとしたが、何も考えつかなかった。

「どうせろくなこと考えてなかったんだろう」ピーターが言った。「意地悪したかっただけなんだ。おまえはいつも自分より小さい者に対してひどいことをする。学校でだって、前にそういうところを見たぞ」

「やめて」スーザンが割《わ》ってはいった。「二人でけんかしたって、何も解決《かいけつ》しないわよ。ルーシーを探《さが》しにいきましょう」

心配したとおり、それからずいぶんたって見つかったルーシーは、泣《な》いていたのが一目《ひとめ》でわかる顔だった。みんなが何を言っても、むだだった。ルーシーは同じ話をくりかえし、こう言うのだった。

「みんながどう思ったって、かまわない。何て言おうと、わたし、かまわないもん。教授《きょうじゅ》に言いつけたらいいわ。お母さんにも手紙を書いたらいいでしょ。好《す》きなようにすればいいわ。わたし、ほんとうに、むこうでフォーンに出会ったんだもの——あのまま帰ってこなけりゃよかった。お兄ちゃんもお姉ちゃんも、みんな最低《さいてい》よ、大嫌《だいきら》い！」

その晩《ばん》は、みんな、気まずい雰囲気《ふんいき》だった。ルーシーはみじめな気分だったし、エドマンドは自分の計画が思いどおりに進まないんじゃないかと気をもんでいた。ピーターとスーザンは、ルーシーの頭がどうかなったんじゃないかと本気で心を痛《いた》めていた。二人は、ルーシーが眠《ねむ》りについたあと、ずいぶん長いあいだ廊下《ろうか》で立ったまま声をひそめて話をしていた。

翌朝《よくあさ》、ピーターとスーザンはやっぱり教授《きょうじゅ》にすべてを打ちあけて相談してみることにした。「ほんとうにルーがおかしいと思えば、教授が父さんに手紙を書いてくれると思う。もう、ぼくたちの手にはおえないよ」ピーターが言った。二人は教授の書斎《しょさい》へ行き、ドアをノックした。教授は「おはいり」と言って椅子《いす》から立ち上がり、ピーターとスーザンに椅子をすすめてくれて、何でも相談に乗るよと言ったあと、椅子に腰《こし》を下ろし、右手の指先と左手の指先をぴったりくっつけたまま、ひとことも口をはさまずに二人がすっかり話しおわるまで耳を傾《かたむ》けた。そのあと、教授はかなり長いあいだ黙《だま》っていたが、やがて咳《せき》ばらいをして、ピーターとスーザンが思ってもみなかったことを口にした。

「妹さんの話がほんとうでないと、どうしてわかるんだね？」と教授《きょうじゅ》は聞いたのだ。

「それは、だって——」スーザンが言いかけて、口をつぐんだ。教授が本気で質問《しつもん》していることは、表情《ひょうじょう》から一目瞭然《いちもくりょうぜん》だった。スーザンは気を取りなおして言った。

「でも、エドマンドは、ほんのごっこ遊びをしていただけだって言うんです」

「そこは重要《じゅうよう》なポイントだ」教授が言った。「よく考えてごらん。そこはよくよく慎《しん》重《ちょう》に考える必要《ひつよう》がある。たとえば——こんな質問をしては失礼《しつれい》かもしれないが——きみたちの経験《けいけん》からして、弟さんと妹さんのどちらかのほうがより信頼《しんらい》できる、というようなことはあるかな？　つまり、どちらがより正直か、ということだが？」

「そこが、ぼくたちとしても、どうにもすっきりしないところなんです」ピーターが言った。「これまでだったら、まちがいなくルーシーのほうが正直だと答えていたと思うんです」

「きみはどう思うかね？」教授はスーザンのほうを向いてたずねた。

「はい。ふつうだったら、わたしもピーターと同じように答えると思います。でも、今回の話はほんとうだとは思えません——森だとか、フォーンだとか」

YOUCHAN

「そこまでは、わたしにもわからないが」教授《きょうじゅ》が言った。「いいかね、これまでいつも正直であると信《しん》じてきた相手に対してうそつきのレッテルを貼《は》るというのは、重大なことだよ。じつに重大なことだ」

「わたしたち、うそよりもっと深刻《しんこく》なことを心配しているんです」スーザンが言った。「ルーシーがどこかおかしいんじゃないか、と」

「正気《しょうき》を失《うしな》っておる、という意味かね?」教授がさらりと言ってのけた。「それなら、心配するにはおよばない。顔を見て、二言三言《ふたことみこと》しゃべれば、ルーシーが正気であることは明らかだからね」

「でも、だったら——」と言いかけて、スーザンは言葉をのみこんだ。大《だい》の大人《おとな》がそのようなことを言うとは想像《そうぞう》もしていなかったので、頭が混乱《こんらん》してしまったのだ。

「論理学《ろんりがく》だよ!」教授は、なかばつぶやくように言った。「最近《さいきん》の学校では、なぜ論理学を教えないのかな? この場合、可能性《かのうせい》は三つしかない。きみたちの妹がうそをついているか、正気を失っておるか、さもなくば、真実を語っているか、だ。妹さんがうそつきでないことは、きみたちが知っている。正気であることも、見ればわかる。

となれば、さしあたり、ほかの根拠《こんきょ》が出てこないかぎり、妹さんが真実を語っていると推論《すいろん》する以外《いがい》にない」

スーザンは教授《きょうじゅ》の顔をまじまじと見つめたが、教授が自分たちをからかっているのでないことはどう見ても明らかだった。

「でも、どうしてそんなことが真実でありうるんでしょうか？」ピーターが聞いた。

「なぜ、そんな質問《しつもん》をするのかな？」教授が言った。

「だって、ひとつには、もしそれがほんとうなら、誰《だれ》がいつのぞいたって衣装《いしょう》だんすの中にその国があるはずなのに、そうじゃないってところがわからないからです。ぼくたちが衣装だんすをのぞいたときには、何もなかったんです。ルーシーだって、そのときは、そこに国があるなんて言いませんでした」

「それがこの件《けん》とどう関係《かんけい》あるのかね？」教授が聞いた。

「だって、もし何かが本物だとしたら、いつもそこにあるはずだと思うからです」

「そうかな？」教授にそう言われると、ピーターは返す言葉がなかった。

「それに、時間もぜんぜんたってなかったんです」スーザンが言った。「ルーシーがどこかへ行って帰ってくるほどの時間がたってなかったんです、たとえそういう場所があったとしても。ルーシーは、わたしたちが部屋を出た直後に部屋から走って出てきました。一分もたっていませんでした。それなのに、ルーシーは何時間もむこうへ行っていたと言《い》い張《は》るんです」

「それこそ、ルーシーの話の信憑性《しんぴょうせい》を裏《うら》づけるポイントだと思うよ」教授《きょうじゅ》は言った。「この屋敷《やしき》のどこかに別《べつ》の世界へつながる扉《とびら》がほんとうにあるとして（警告《けいこく》しておくがね、ここは奇妙《きみょう》な屋敷で、わたしでさえ大部分はよくわからないままなのだよ）——もし、ルーシーが別の世界へはいったのだとしたら、そっちの世界がこちらとはちがう独自《どくじ》の時間軸《じく》で動いていたとしても、わたしは驚《おどろ》かないね。つまり、むこうにどれほど長いあいだ滞在《たいざい》したとしても、われわれの世界における時間は少しも経過《けいか》していない、ということはありうるのだ。一方で、そうした概念《がいねん》をルーシーくらいの年齢《ねんれい》の女の子が自分で思いつくとは考えにくい。もし、ルーシーが別の世界へ行っていたふりをしようとしたならば、それなりの時間が過ぎるまで隠《かく》れていて、それから出てきて話をしたはずではないだろうか」

「それでは、教授《きょうじゅ》はほんとうに別《べつ》の世界があるとお考えなのですか？　あちこちに？　すぐそこの角を曲がった先、みたいな場所に？」ピーターが聞いた。

「それはおおいにありうることだ」そう言うと、教授はめがねをはずしてレンズを磨《みが》きながら、こうつぶやいた。「ちかごろの学校では、生徒《せいと》にいったい何を教えておるのかな」

「それじゃ、わたしたち、どうすればいいんでしょう？」スーザンが聞いた。話がちがう方向へそれはじめたような気がしたからだ。

「お嬢《じょう》さん」教授は急に顔を上げ、二人を鋭《するど》い視線《しせん》で見すえながら言った。「これまで誰《だれ》も提案《ていあん》しなかったが、やってみる価値《かち》のある方策《ほうさく》がひとつある」

「何ですか？」スーザンが聞いた。

「おたがい、他人の詮索《せんさく》を控《ひか》えることだよ」

というわけで、教授との会話は、そこでおしまいになった。

このことがあったあと、ルーシーにとっては事態《じたい》がかなり好転《こうてん》した。エドマンドがルーシーをからかわないようにピーターが見張《みは》っていてくれたし、ルーシーもほかのきょうだいも衣装《いしょう》だんすの話題にはいっさい触《ふ》れないようにしたからだ。衣装だんすの話はタブーになった。そんなわけで、当面、冒険《ぼうけん》はこれっきり終わりになったように思われたが、そうではなかった。

教授《きょうじゅ》の屋敷《やしき》——当の教授自身でさえ、よく知らない部分がたくさんある屋敷——は、とても古くて有名な建物《たてもの》だったので、イギリスじゅうから見学の申しこみが絶《た》えなかった。この屋敷は旅行のガイドブックにのっていたし、歴史《れきし》の本にも出てくるほどの有名な建物だったのだ。屋敷にまつわるエピソードもじつにさまざまな話が伝《つた》わっており、その中にはわたしがこの本で書いている物語よりはるかに数奇《すうき》なものもあることを考えれば、見学者が殺到《さっとう》するのも当然《とうぜん》だったといえよう。見学の申しこみがあると、教授はいつも見学を許可《きょか》した。そういうときは、家政婦《かせいふ》のマクレディさんが見学者の団体《だんたい》を案内《あんない》して屋敷内をめぐり、絵画《かいが》や鎧《よろい》かぶとや図書室にある珍《めずら》しい本の説明《せつめい》をするのだった。マクレディさんは子どもが嫌《きら》いで、見学者相手に得意満面《とくいまんめん》で知識《ちしき》を披瀝《ひれき》している最中《さいちゅう》に子どもたちにじゃまされることをいやがった。子どもたちが屋敷へやってきた翌朝《よくあさ》にいきなり、スーザンとピーターに向かって、「わたしが見学者の団体《だんたい》を連《つ》れて屋敷《やしき》の中を案内《あんない》しているときは、じゃまをしないように願《ねが》いますよ」と申《もう》し渡《わた》したくらいである（マクレディさんは、それ以外《いがい》にもあれこれたくさんのことを申し渡した）。

「誰《だれ》が朝からよその大人《おとな》たちにくっついて家の中をぞろぞろ歩きたいなんて思うもんか！」とエドマンドが言い、ほかの三人もそうだそうだと思った。そんな事情《じじょう》が、二回目の冒険《ぼうけん》のきっかけとなった。

数日後の朝、ピーターとエドマンドは飾《かざ》ってある鎧《よろい》かぶとを眺《なが》めながら、これって分解《ぶんかい》できるのかなぁ、などと話しあっていた。そこへスーザンとルーシーが駆《か》けこんできた。「たいへん！　マクレディの御一行《ごいっこう》がやってくるわよ！」

「急げ！」ピーターの声に、四人とも部屋のつきあたりのドアから外に出た。そして、その先にある〈緑の部屋〉を抜《ぬ》けて、さらにその先にある〈図書室〉へ進んだのだが、そのときとつぜん前方から人の声が聞こえてきた。どうやら、見学者の団体を連れたマクレディさんは、四人の予想に反して正面の階段《かいだん》ではなく裏手《うらて》の階段から上がってきたようだった。そして、そのあとは――四人があわてふためいていたせいか、マクレディさんが四人を追いつめようとしていたのか、それとも何かの魔法《まほう》が働《はたら》いて四人をナルニアへ追いこもうとしていたのかわからないが——四人は逃《に》げても逃げてもマクレディ御一行様《ごいっこうさま》に追いかけられる形になり、とうとうスーザンが「もう、うっとうしい観光客《かんこうきゃく》ね！　こっちよ、衣装《いしょう》だんすの部屋にはいって連中《れんちゅう》をやりすごすしかないわ。あそこなら誰《だれ》もはいってこないから」と言った。ところが、四人が衣装だんすの部屋にはいったとたん、廊下《ろうか》に人の話し声が聞こえ、それぱかりか誰かがドアを開けようとする音までして、ドアノブが回るのが見えた。

「早く！　ここしかない！」ピーターがさっと衣装だんすの扉《とびら》を開けた。四人は衣装だんすに転げこみ、まっ暗な中で腰《こし》を下ろしてハアハアと息をついた。ピーターはたんすの扉が開かないようにつかまえていたが、扉を完全《かんぜん》に閉《し》めてしまうようなことはしなかった。なぜなら、言うまでもないことだが、まともな人間なら誰だって衣装だんすに閉《と》じこめられるような愚行《ぐこう》はけっして犯《おか》さないということを、ピーターも承知《しょうち》していたからだった。

# 6　森の中へ

「マクレディさん、さっさと見学の人たちを連《つ》れてどっか行っちゃってくれればいいのに」スーザンが言った。「ここ、狭《せま》すぎるんだもの」

「それに、樟脳《しょうのう》のひでえにおい！」エドマンドが言った。

「ここにかかってるコートのポケットにいっぱいはいってるのよ、きっと。虫よけに」スーザンが言った。

「なんか背中《せなか》がチクチクするんだけど」ピーターが言った。

「それに、寒くない？」と、スーザン。

「そういえば、寒いな」と、ピーター。「それに……なんだこれ、濡《ぬ》れてるぞ。ここ、いったいどうなってんだ？　ぼくがすわってるとこ、なんか濡れてるんだ。どんどんひどく濡《ぬ》れてくる」ピーターはからだをよじって立ち上がった。

「外に出ようよ。もう、行っちゃっただろ」エドマンドが言った。

「うわっ！」とつぜんスーザンが声をあげたので、みんながどうしたのか聞いた。

「わたし、木にもたれてすわってたみたい」スーザンが言った。「それに、見て！　むこうに明かりが見えるわ」

「ほんとだ！　スーザンの言うとおりだ」ピーターが言った。「見て、あそこも——あっちも。木がいっぱい生えてる。この濡れてるのは、雪だったんだ。驚《おどろ》いたなあ、どうやらルーシーの言ってた森にはいっちゃったみたいだぞ」

こんどは、まちがいようがなかった。四人の子どもたちは冬の日ざしにまばたきしながら立ちつくしていた。四人の背後《はいご》には毛皮のコートが吊《つ》り下《さ》がり、前を見れば雪をかぶった木々が立っていた。

ピーターは、さっとルーシーのほうに向きなおって言った。

「話を信《しん》じてあげなくて、ごめんね。仲直《なかなお》りの握手《あくしゅ》してくれる？」

「もちろんよ」ルーシーはピーターと握手した。

「で、これからどうするの？」スーザンが言った。

「どうする？　もちろん、森を探検《たんけん》するにきまってるさ」ピーターが言った。

「えー⁉」スーザンが足を踏《ふ》みならして言った。「こんなに寒いのに？　ね、だったら、あそこにかかってるコート、着ていかない？」

「ぼくたちのコートじゃないから」ピーターがためらった。

「誰《だれ》も文句《もんく》なんか言わないわよ」スーザンが言った。「べつに家から持ち出すわけじゃないんだもの。衣装《いしょう》だんすから持ち出すことにもならないでしょ？」

「それ、考えてもみなかったよ、スー」ピーターが言った。「もちろん、そういう理屈《りくつ》なら、わかる。もとあった衣装だんすから外に出さないかぎり、誰もコートを持ち出したなんて言えないよね。しかも、この国は丸ごと衣装だんすの中にあるみたいだし」

　四人はさっそくスーザンの賢明《けんめい》なアイデアを実行に移《うつ》した。コートは子どもたちには大きすぎて、丈《たけ》がかかとまで届《とど》き、みんな王様のローブをはおったような姿《すがた》に見えた。でも、四人ともこれでずいぶん暖《あたた》かくなったし、おたがいの姿を見てよく似《に》合《あ》っていると思った。それに、あたりの雪景色《ゆきげしき》にもふさわしく見えた。

「北極探検隊《ほっきょくたんけんたい》ごっこにすればいいわね」と、ルーシーが言った。

「ごっこなんかにしなくても、じゅうぶん楽しいよ」ピーターはそう言うと、先頭に立って森の中へ歩きだした。行く手にはどす黒い雲がたれこめ、日暮《ひぐ》れ前にまた雪が降《ふ》りそうな空もようだった。

「あのさ」エドマンドが口を開いた。「もう少し左の方向へ行ったほうがいいんじゃないのかな、街灯《がいとう》のところへ行くつもりなら」このとき、エドマンドはこの森に一度も来たことがないふりをしなければいけないということを忘《わす》れていたのだった。言葉が口をついて出た瞬間《しゅんかん》、エドマンドはしまったと思った。みんなが足を止め、エドマンドを見つめた。ピーターが低《ひく》く口笛を吹《ふ》いた。

「そうか、やっぱり来たことがあったんだな」ピーターが言った。「ルーシーが森でおまえに出会ったって言ったとき——それなのに、おまえはルーシーがうそをついてるような口をきいたんだ」

全員が静《しず》まりかえった。「なんて汚《きたな》いやつだ——」ピーターは肩《かた》をすくめて、それ以上《いじょう》は言わなかった。実際《じっさい》、それ以上に何も言うことなどなかった。四人はふたたび歩きだした。しかし、エドマンドは心の中で「三人とも、この仕返しはかならずしてやるからな、高慢《こうまん》ちきで独《ひと》りよがりのいい子ぶりっ子め」と思っていた。

「で、これからどこへ行くの？」スーザンが話題を変《か》えようとして口を開いた。

「ルーに案内《あんない》してもらうのがいいと思う」ピーターが言った。「いちばん適任《てきにん》だよ。どこへ行こうか、ルー？」

「タムナスさんのところは、どうかしら？」ルーシーが言った。「前に話した親切なフォーンのことよ」

みんなこれに賛成《さんせい》し、元気よく雪を踏《ふ》みしめて歩きだした。ルーシーの案内は的確《てきかく》だった。最初《さいしょ》のうちは、道がわかるかどうか少し不安《ふあん》げだったが、そのうちに目印《めじるし》のねじくれた木や見おぼえのある切《き》り株《かぶ》が見つかって、やがて地面に起伏《きふく》のある場所を通って小さな谷にさしかかり、タムナスさんの洞穴《ほらあな》の前までやってきた。ところが、そこにはとんでもない事態《じたい》が待ちうけていた。

ドアはちょうつがいのところから引きちぎられ、木っ端《こっぱ》みじんに壊《こわ》されていた。穴《あな》

YOUCHAN

ぐらの中は寒々として暗く、何日も人が住んでいなかったようなじめっとした独特《どくとく》のにおいが漂《ただよ》っていた。戸口から降《ふ》りこんだ雪が家の中に吹《ふ》きだまり、ところどころに黒いものが散《ち》らばっていた。よく見ると、それは薪《まき》の燃《も》えかすや灰《はい》だった。誰《だれ》かが暖炉《だんろ》の中身を部屋じゅうにまき散らして踏《ふ》みつけたらしい。陶器類《とうきるい》は粉々《こなごな》にくだけて床《ゆか》に散らばり、フォーンの父親の肖像画《しょうぞうが》はナイフでずたずたに切《き》り裂《さ》かれていた。

「ずいぶん派手《はで》に荒《あ》らしたもんだ」エドマンドが言った。「これじゃ、来ても意味なかったな」

「これは何だろう?」ピーターがそう言って、しゃがみこんだ。カーペットに深々とくぎを打ちこんで、紙が一枚《まい》とめてあった。

「何か書いてあるの?」スーザンが聞いた。

「うん、そう思う」ピーターが答えた。「でも、この暗さじゃ読めないな。外へ出てみよう」

四人は日の光がある外に出て、ピーターを取《と》り囲《かこ》んだ。ピーターが読み上げたのは、次のような文章だった。

この住居《じゅうきょ》の所有者であるところのフォーンのタムナスは、逮捕《たいほ》され、裁判《さいばん》にかけられることとなった。罪状《ざいじょう》は、ナルニアの女王にしてケア・パラヴェルの城《じょう》主《しゅ》であり離《はな》れ島諸島《じましょとう》をはじめとする諸領《しょりょう》の女帝《じょてい》であらせられるジェイディス女王陛下《へいか》に対する大逆罪《たいぎゃくざい》[1]、および右の陛下の敵《てき》をもてなし、スパイをかくまい、〈人間〉と親交《しんこう》を結《むす》んだ罪《つみ》である。

署名《しょめい》　秘密警察隊長《ひみつけいさつたいちょう》　モーグリム

女王陛下万歳《ばんざい》！

子どもたちは、たがいに顔を見あわせた。

「わたし、やっぱり、この場所は好《す》きになれないわ」スーザンが言った。

「ルー、女王っていうのは何者なんだい？　何か知ってる？」ピーターがたずねた。

「その女は、ほんとうは女王なんかじゃないの」ルーシーが答えた。「恐《おそ》ろしい魔法《まほう》使いで、白い魔女《まじょ》なの。みんな――森の人たちはみんな――その女のことが大嫌《だいきら》いなの。その女がこの国に魔法《まほう》をかけたせいで、ここは一年じゅう冬で、そのくせクリスマスはぜったい来ないの」

「あの……これ以上《いじょう》先へ進むのはどうかと思うんだけど」スーザンが言った。「だって、なんだか危《あぶ》なそうだし、楽しいこともあまりなさそうだし。それに、どんどん寒くなってくるし、食べる物も持ってこなかったし。ねえ、もう家に帰らない？」

「だめよ、そんなこと。帰るわけにはいかないわ」ルーシーの口から言葉が飛《と》び出《だ》した。「見てよ、こんなことになってるのに、帰っちゃうなんてできないわ。かわいそうに、フォーンがこんなことになったのは、わたしのせいなんだもの。タムナスさんはわたしを魔女《まじょ》からかくまってくれて、帰り道を教えてくれたの。女王の敵《てき》をもてなして〈人間〉と親交《しんこう》を結《むす》んだ、っていうのはそのことなのよ。タムナスさんを助けにいかなくちゃ！」

「そんなこと、できるもんか！」エドマンドが言った。「食いもんさえ持ってきてな

1　君主にそむく最も重い罪《つみ》。

いのに」

「おまえは黙《だま》ってろ！」ピーターがどなりつけた。エドマンドのことをまだひどく怒《おこ》っていたのだ。「スーザンはどう思う？」

「言いたくないけど、ルーが正しいと思うわ」スーザンが言った。「ほんとうは、これより先には一歩も進みたくないし、こんなところに来なけりゃよかったと思うけど、その何とかさんっていうフォーンを助けてあげなくちゃいけないと思うの」

「ぼくもそう思う」ピーターが言った。「でも、食べ物がないことは、心配だな。できることなら、家にもどって食料庫《しょくりょうこ》から何か取ってきたいところだけど、いったんこの国から出ちゃったら、またもどってこられる保証《ほしょう》がないからね。このまま先へ進むしかないと思う」

「そうね」スーザンとルーシーも同じ考えだった。

「フォーンがどこに閉《と》じこめられてるのかさえ、わかればなあ！」

みんなが次にどうしようか思案《しあん》していたとき、ルーシーが声をあげた。「見て！コマドリがいるわ。真《ま》っ赤《か》な胸《むね》のコマドリ。ここへ来て初《はじ》めて見た小鳥だわ。ね、ナルニアの小鳥たちって、言葉が話せるのかしら？　わたしたちに何か言いたそうに見えるんだけど」ルーシーはコマドリのほうを向いて、「お願《ねが》い、コマドリさん、フォーンのタムナスさんがどこへ連《つ》れていかれたか、教えてもらえないかしら？」と声をかけながら一歩踏《ふ》み出《だ》した。小鳥はぱっと飛《と》び立《た》ったが、すぐとなりの木にとまった。そして、みんなが話していることをすっかり理解《りかい》しているようなしぐさで四人をじっと見つめた。四人は思わず一、二歩コマドリに近づいた。すると、コマドリはまた枝《えだ》から飛び立ち、となりの木にとまって、ふたたび四人をじっと見つめた。こんなに胸《むね》が赤くて目のぱっちりしたコマドリは、ナルニア以外《いがい》どこを探《さが》してもいないだろう。

「ねえ、このコマドリ、ついておいでって言ってると思うんだけど」ルーシーが言った。

「わたしもそんな気がするわ」スーザンが言った。「どう思う、ピーター？」

「悪くない考えだと思うな」ピーターが答えた。

コマドリは万事《ばんじ》心得《こころえ》ているようすで、つねに四人がついていきやすいように数メートル先を木から木へと飛《と》び移《うつ》りながら進んでいった。こうして、コマドリは少し下り坂になっているほうへ四人を案内《あんない》していった。コマドリが木にとまるたびに、枝《えだ》からパラパラと雪が落ちた。やがて上空を閉《と》ざしていた雲が切れて冬の太陽が顔を出し、周囲《しゅうい》の雪が目もくらむほど白く輝《かがや》いた。こんなふうにして、子どもたちは三〇分ほど歩いていった。スーザンとルーシーが先頭に立って歩いた。歩きながらエドマンドがピーターに話しかけた。「そうやってお高くとまるのをやめて、ぼくと口をきく気があるんなら、耳寄《みみよ》りなこと教えてやってもいいけどな」

「何だよ?」ピーターが言った。

「しっ! 大きな声出すなよ」エドマンドが言った。「女の子たちを怖《こわ》がらせたって、しょうがないだろ。あのさ、あんた、いま自分たちが何やってんのか、わかってんの?」

「どういうこと?」ピーターがひそひそ声で応《おう》じた。

「正体も何もわかんないやつの案内についていってる、ってこと。あの小鳥がどっちの側《がわ》の者なのか、どうやってわかるんだ? ぼくたちを罠《わな》にはめようとしてるかもしれないじゃないか」

「そりゃまた、ひねくれた考え方だな。だって、コマドリだぞ？　ぼくが読んだいろんな物語に出てきたコマドリは、みんないい小鳥だったよ。コマドリが悪い側《がわ》につくなんて、考えられないけどな」

「それを言うなら、そもそも正しい側ってのは、どっちなのさ？　フォーンが正しい側で女王（たしかに魔女《まじょ》だとは聞いたけど）が悪い側だって、どうしてわかるわけ？　どっちのことも、ろくに知らないのに」

「フォーンはルーシーを助けてくれたから」

「それはフォーンがそう言ってるだけだろ。ほんとうかどうか、わかったもんじゃないよ。それに、もうひとつ問題がある——帰り道、わかってんの？」

「あ！」ピーターが声をあげた。「考えてなかった」

「しかも、昼めしにもありつけそうにないしさ」エドマンドが言った。

# 7　ビーバー夫妻《ふさい》のもてなし

後方でピーターとエドマンドがひそひそ話をしていたとき、スーザンとルーシーが「あっ！」と声をあげて足を止めた。

「コマドリが！」ルーシーが悲鳴をあげた。「コマドリが飛《と》んでっちゃった！」たしかにそのとおり、コマドリはどこかへ姿《すがた》を消してしまった。

「あーあ、どうすりゃいいんだ？」エドマンドがピーターに向かって「だから言っただろ」という顔をしてみせた。

「しっ！　見て！」スーザンが言った。

「何？」ピーターが言った。

「何か動いてるものがあるの。木のあいだ。むこうの左のほう」

四人は目をこらした。みんな不安《ふあん》な気もちになっていた。

「ほら、また」スーザンが言った。

「こんどはぼくも見た」ピーターが言った。「まだそこにいるぞ。あの大きな木のかげにひっこんだだけだ」

「何なの？」ルーシーがせいいっぱい不安を押《お》し殺《ころ》した声で聞いた。

「何にしても、ぼくたちを避《さ》けてる。姿《すがた》を見られたくないらしい」

「帰りましょうよ」スーザンが言った。そして、そのとき、誰《だれ》ひとり言葉にはしなかったものの、みんなエドマンドが前の章の最後《さいご》で口にしたことに気がついた。帰り道がわからなくなっていたのだ。

「どんなものなの？」ルーシーが聞いた。

「動物らしいんだけど――」答えかけたスーザンが、また叫《さけ》んだ。「見て！　見て！　はやく！　そこにいる！」

こんどは四人とも見た。毛におおわれた顔にひげをはやした生き物が木のかげからこっちを見ていた。が、こんどはすぐには隠《かく》れなかった。その生き物は前足を口に当てて、ちょうど人間が指をくちびるに当てて「静かに」と合図するときと同じようなかっこうをしてみせた。そのあと、動物はふたたび姿《すがた》を消した。子どもたちは四人とも息を殺《ころ》して立っていた。

すると、直後に、その動物は木のかげから姿をあらわし、誰《だれ》かに見られていないか警戒《けいかい》するようにあたりを見まわしたあと、「しっ」と言いながら、自分が立っている木蔭《こかげ》のほうへ来るよう子どもたちに合図し、ふたたび姿を隠《かく》した。

「わかったぞ」ピーターが言った。「ビーバーだ。しっぽが見えた」

「おいで、って言ってるわ」スーザンが言った。「それと、声をたてるな、って」

「うん、わかってる」ピーターが言った。「問題は、行くべきかどうか、ってことだ。ルーはどう思う？」

「わたし、あれはいいビーバーだと思うけど」ルーシーが言った。

「ふうん。どうしてわかるんだ？」エドマンドが言った。

「ここは賭《か》けてみるしかないんじゃない？」スーザンが言った。「だって、こんなとこに立ってたってしょうがないし、お昼ごはんも食べたいし」

ちょうどそのとき、ビーバーがふたたび木のかげから顔をのぞかせて、こっちへおいでと熱心《ねっしん》に手招《てまね》きした。

「よし、行ってみよう」ピーターが言った。「みんな、おたがいに離れないように。ぼくたち四人でかかれば、ビーバー一匹《ぴき》ぐらいなんとかなるよ。あのビーバーが敵《てき》だったとしても」

そこで子どもたちはひとかたまりになって木に近づいていき、木の裏側《うらがわ》に回ってみると、やはり、そこにいたのはビーバーだった。しかし、ビーバーはさらに後《あと》ずさりしながら、低いしゃがれ声で「もっと奥《おく》へ、もっと奥へ来てください。そう、こっちです。開けた場所は危険《きけん》です！」と言った。ビーバーは、四本の木が枝《えだ》が重なりあうほど寄《よ》り集《あつ》まって生えていて雪が降《ふ》りこまないせいで地面に茶色い松葉《まつば》が積《つ》もっているほの暗い場所まで四人を案内《あんない》し、そこでようやく口を開いた。

「あなたがたはアダムの息子《むすこ》さんとイヴの娘《むすめ》さんたちですか？」

「たしかにそうだけど？」ピーターが言った。

「しーっ！」ビーバーが言った。「そんな大きな声を出さないでください。ここだって安全ではないんですから」

「どうして？　何を怖《こわ》がっているの？」ピーターが聞いた。「ここには、ぼくたち以《い》外《がい》に誰《だれ》もいないのに」

「木があります」ビーバーが言った。「木は、いつも聞いています。ほとんどの木はわたしたちの味方ですが、なかにはわたしたちを裏切《うらぎ》って通報《つうほう》する木もないわけではありません。誰に通報するか、おわかりですよね」そう言って、ビーバーは何度かうなずいてみせた。

「味方とか敵《てき》とかいう話なら、あんたが味方だってどうして言えるんだ？」エドマンドが言った。

「失礼《しつれい》なことを言うつもりじゃないんですけどね、ビーバーさん」ピーターが言葉をそえた。「でも、ほら、ぼくたち、こっちの世界のことはわからないので」

「ええ、たしかに。ええ、たしかに」ビーバーが言った。「ここに証拠《しょうこ》があります」そう言うと、ビーバーは白い小さなものをかかげて四人に見せた。子どもたちはびっくりしてビーバーの手もとを見つめたが、そのときとつぜんルーシーが声をあげた。

「ああ、それ、わたしのハンカチよ。わたしがタムナスさんにあげたハンカチ！」

「そのとおりです」ビーバーが言った。「かわいそうに、タムナスは自分の逮捕《たいほ》が近いと察《さっ》して、つかまる前にこれをわたしに託《たく》していったのです。もし自分の身に何か起こったら、この場所であなたがたを見つけるように、と。そしてあなたがたを連《つ》れて――」ここでビーバーは言葉をのみこみ、意味ありげに一、二度うなずいてみせた。そして、できるだけ自分のそばへ集まるよう合図したので、子どもたちはビーバーのひげがくすぐったく感じられるほど近くに顔を寄《よ》せた。ビーバーは低《ひく》い声で、こうささやいた。

「アスランが動きだしているという話です――おそらく、すでに到着《とうちゃく》しておられるでしょう」

すると、とても奇妙《きみょう》なことが起こった。子どもたちの誰《だれ》ひとりとしてアスランが何者なのかを知らなかったにもかかわらず、ビーバーの口からその名を聞いたとたん、全員がそれまで味わったことのない感情《かんじょう》に襲《おそ》われたのだ。読者諸君《しょくん》も、夢《ゆめ》の中でそのような体験《たいけん》をしたことがあるかもしれない。夢の中で誰かが何かを口にして、言葉そのものは理解《りかい》できないのに何かとほうもなく大きな意味だけが伝《つた》わってくる、といったような体験《たいけん》をしたことはないだろうか。そういう夢《ゆめ》は、ときとして恐《おそ》ろしい悪《あく》夢《む》に転ずる場合もあるが、反対に、言葉にできないほどすてきな意味のかたまりが伝わってきて、あまりに美しい夢なので生涯《しょうがい》ずっとその感覚が記憶《きおく》に残り、ふたたびあの夢の中にもどれたらいいのにと思いつづけるような場合もある。このときの言葉は、そんな感覚《かんかく》に似《に》たものだった。「アスラン」という名を聞いたとたん、子どもたちの心の中で何かがびくんと跳《は》ねた。エドマンドは、わけのわからない恐怖《きょうふ》をおぼえた。ピーターは、急に勇敢《ゆうかん》で冒険《ぼうけん》ずきな少年になったような気がした。スーザンは、何かおいしそうな香《かお》りや楽しげなメロディが自分のそばを通りすぎたような気がした。そして、ルーシーは、朝が来て目がさめて、さあこれから長い休みが始まると思ったとき、あるいは夏が始まると知ったときのような胸《むね》おどる気分に包《つつ》まれた。

「それで、タムナスさんはどうなったの？」ルーシーが聞いた。「どこにいるの？」

「しーっ！」ビーバーが言った。「ここではお話しできません。ゆっくりと話ができて、お昼ごはんも食べられる場所へご案内《あんない》します」

エドマンド以外《いがい》の三人は、もうすっかりビーバーを信頼《しんらい》する気もちになっていたし、エドマンドを含《ふく》めて四人とも「昼ごはん」という言葉を聞いてうれしく思った。そこで、四人は新しい友人を先頭にしてせっせと歩いた。ビーバーは驚《おどろ》くほど足が速く、つねに森の中でも木々がもっとも密生《みっせい》している場所を選《えら》んで歩き、そうやって一時間以上《いじょう》も歩いた。みんながぐったり疲《つか》れて、おなかがぺこぺこになったころ、とつぜん前方の木々がまばらになり、地面が急な下り坂になった。まもなく、空が開けて（まだ太陽の光があった）、四人の眼下《がんか》にすばらしい景色《けしき》が広がった。四人が立っていたのは狭《せま》くて険《けわ》しい渓谷《けいこく》の縁《ふち》で、谷底《たにぞこ》にはかなり大きな川が流れていた（少なくとも凍《こお》りつく前には流れていたはずだった）。足もとを見下ろすと、ダムが川をせきとめていた。ダムを目にしたとたん、四人ともビーバーがダムを作る習性《しゅうせい》の持ち主であることを思い出し、目の前のダムは友人のミスター・ビーバーが作ったものにちがいないと思った。見ると、ミスター・ビーバーは顔につつましい表情《ひょうじょう》をうかべて立っている――自分の丹精《たんせい》した庭を案内《あんない》するときや、自分が書いた物語を読み聞かせるときに人がよく顔にうかべる、あの表情だ。そこで、スーザンは

いちおうの礼儀《れいぎ》として「なんてすてきなダムなんでしょう！」とほめた。すると、このときばかりはミスター・ビーバーは「しーっ！」とは言わず、「たいしたことはありません！　たいしたことはありません！　まだ完成《かんせい》もしていないんです！」と答えた。

ダムの上流は深いダム湖になっているはずだが、いまはもちろん深緑色の氷が一面に張《は》って、平らになっていた。ダムの下流側《がわ》は大きく落ちこんでいて、はるか下のほうに氷がたくさん見えたが、こちらは平らに凍《こお》った氷ではなく、川の水が流れているとちゅうで凍りついたように泡立《あわだ》ったり波立ったりした形の氷が連《つら》なっていた。ダムを越《こ》えて水が流れ落ちたところやダムのあいだから水が噴《ふ》き出《で》たところには無数《むすう》のつららができてきらきらと輝《かがや》き、ダムの壁《かべ》一面を真っ白な砂糖菓子《さとうがし》の花束《はなたば》や花輪《はなわ》や花綵《はなづな》[1]で飾《かざ》りつけたように見えた。そして、川のなかほどに、ダムとダム湖にまたがるかっこうで、巨大《きょだい》なミツバチの巣《す》のような形[2]をした奇妙《きみょう》な小さい家が建《た》っていた。

1　花や葉を綱《つな》のように長く編《あ》んで、両端《りょうはし》をリボン飾りのように吊《つ》るしたもの。

家のてっぺんに開いた穴《あな》から煙《けむり》が上がっているのを見たとたん、おなかがすいていたみんなの頭に料理《りょうり》をしている光景《こうけい》が思いうかんで、ますます空腹《くうふく》が耐《た》えがたくなった。

ピーターたち三人が気づいたのはだいたいそんなところだったが、エドマンドだけはちがうことに気づいた。川を少し下ったあたりで、別《べつ》の小さな谷を流れてきた小さな川が大きな川に合流している地点があった。その谷の先を見上げると、小高い丘《おか》が二つ並《なら》んでいた。この前、街灯《がいとう》のところで別《わか》れぎわに白い魔女《まじょ》が教えてくれた二つの丘にちがいない、とエドマンドは思った。ということは、あの丘のあいだに魔女の館《やかた》があるにちがいない。距離《きょり》にして一キロ半くらいしかないだろう。エドマンドはターキッシュ・デライトのことを考えた。王様になることも考えた(「ピーターめ、ざまあみろ」)。そして、エドマンドの頭に、ある恐《おそ》ろしい考えがうかんだ。

「着きましたよ」ミスター・ビーバーの声がした。「ミセス・ビーバーもお待ちかねのようです。こちらへどうぞ。滑《すべ》らないように足もとに気をつけてくださいよ」

ダムの上はじゅうぶん歩けるだけの幅《はば》があったが、氷におおわれていて、人間にとってはあまり歩きやすくなかった。それに、片側《かたがわ》はダム湖が凍《こお》ってダムと同じ高さになっているからいいけれど、反対側は川の下流に向かって大きく落ちこんでいる。一行《いっこう》はミスター・ビーバーを先頭に一列になってダムの上を歩いていった。川の真ん中まで来ると、上流と下流がはるか遠くまで見わたせた。そして、ちょうどそのあたりにビーバー家の入口があった。

「ただいま」ミスター・ビーバーがミセス・ビーバーに声をかけた。「見つけたよ。ほら、アダムの息子《むすこ》さんとイヴの娘《むすめ》さんたちだ」一行はビーバーの家にはいった。

家にはいってルーシーが最初《さいしょ》に気づいたのは、カタカタと鳴る音だった。そして、最初に目についたのは、親切そうな顔をしたメスの老《ろう》ビーバーの姿《すがた》だった。そのビーバーは部屋のすみに腰《こし》を下ろして、口に糸をくわえ、せっせとミシンを動かしていた。カタカタと鳴る音はミシンの音だったのだ。家にはいってきた子どもたちを見たとたん、ミセス・ビーバーはミシン仕事をやめて、さっと立ち上がった。

2　上がドーム型《がた》になった円筒形《えんとうけい》。

「とうとういらしたのですね！」ミセス・ビーバーは、しわだらけの年老《としお》いた両手をさしだして言った。「とうとう！　生きてこの日を見られるとは！　ジャガイモはゆであがっているし、お湯もわいていますよ。あなた、おさかなを獲《と》ってきてくださいな」

「ああ、わかった」ミスター・ビーバーは家を出て（ピーターもついていった）、ダム湖に張《は》った氷の上を歩いていき、毎日手おので氷を割って魚釣《さかなつ》り用の小さな穴《あな》がふさがらないようにしてある場所までやってきた。二人はバケツを用意していた。ミスター・ビーバーは穴のふちにすわりこみ（冷たさはちっとも気にならないようだった）、氷の穴から湖をじっと見つめていたと思ったら、さっと片手《かたて》をつっこんで、あっという間にりっぱなマスをすくいあげた。ミスター・ビーバーはこれを何度もくりかえし、バケツいっぱいのさかなをつかまえた。

そのあいだ、スーザンとルーシーはミセス・ビーバーを手伝《てつだ》ってやかんに水をいっぱいにし、テーブルの準備《じゅんび》をし、パンを切り、皿をオーブンに入れて温め、家のすみに置《お》いてある樽《たる》からミスター・ビーバー用の巨大《きょだい》なジョッキにビールを注《つ》いだ。それからフライパンを火にかけて、脂《あぶら》を熱くした。タムナスさんの洞穴《ほらあな》とはずいぶんちがうけれど、ビーバー夫妻《ふさい》の小さな家もとてもすてきだ、とルーシーは思った。ビーバー夫妻の家には本や肖像画《しょうぞうが》はなく、ベッドも船のように壁《かべ》に造《つく》りつけた寝棚《ねだな》になっていた。天井《てんじょう》からはハムのかたまりやひもに編《あ》んでたばねたタマネギがぶら下がり、壁にはゴム長靴《ながぐつ》やレインコート、手おのや大ばさみ、シャベルやこて、しっくいを運ぶのに使ういろいろな道具、つりざお、漁網《ぎょもう》、大きな袋《ふくろ》などが吊《つ》るしてあった。テーブルクロスはとても清潔《せいけつ》だったが、織《お》りの粗《あら》い布地《ぬのじ》だった。

フライパンがジュージュー音をたてはじめたところへ、タイミングよくピーターとミスター・ビーバーがもどってきた。さかなは、すでにミスター・ビーバーが家の外で腹《はら》を裂《さ》いて内臓《ないぞう》を出してあった。とれたてのさかなをフライにするとどんなにおいしそうなにおいが漂《ただよ》ってくるか、はらぺこの子どもたちにとって料理《りょうり》のできあがりがどんなに待ち遠しかったか、待っているあいだに空腹感《くうふくかん》がどれほど耐《た》えがたくなっていったか、想像《そうぞう》してみてほしい。ようやく、ミスター・ビーバーが「そろそろ、いいかな」と言った。スーザンはゆであがったジャガイモの湯を切り、空《から》になった鍋《なべ》にふたたびジャガイモをもどして、それをレンジのすみに置《お》き、水分を飛ばした。ルーシーはミセス・ビーバーを手伝《てつだ》ってマスを皿に盛《も》りつけ、まもなく全員が丸椅子《まるいす》（ビーバー家では、暖炉《だんろ》の前に置いてあるミセス・ビーバー専用《せんよう》のロッキング・チェア以外《いがい》は、すべて三本脚《あし》の丸椅子《まるいす》だった）に腰《こし》をおろして食卓《しょくたく》を囲《かこ》み、昼食をいただくことになった。子どもたちには濃厚《のうこう》なミルクが配られた（ミスター・ビーバーはもっぱらビールを飲んだ）。テーブルの中央には濃《こ》い黄色をしたバターの大きなかたまりが置かれ、みんなは好《す》きなだけバターを取ってジャガイモに塗《ぬ》りつけた。三〇分前にとれたばかりの新鮮《しんせん》な淡水魚《たんすいぎょ》をフライパンからおろして三〇秒以内《いない》に熱々《あつあつ》でいただく以上《いじょう》においしい食べ物はない、と子どもたち全員が思った（著者《ちょしゃ》も同感である）。魚料理《りょうり》を食べおわると、思いもよらないデザートが待っていた。ミセス・ビーバーがオーブンの中からマーマレードをとびっきりたくさん塗った焼《や》きたての大きなマーマレード・ロールを出してきたのだ。同時に、ミセス・ビーバーはやかんを火にかけた。マーマレード・ロールを食べおわるころにお茶ができあがっているように、という心くばりだ。みんな、お茶を飲みおわると丸椅子を後ろに引いて壁《かべ》によりかかり、満足《まんぞく》の長いためいきをもらした。

「さて、それでは」と、ミスター・ビーバーが空《から》になったビールジョッキを脇《わき》へ押《お》しやり、ティーカップを自分のほうへ引《ひ》き寄《よ》せながら、口を開いた。「いま、パイプをつけるので、ちょっと待ってくださいよ。さて、それでは本題にはいるとしましょうか。また雪が降《ふ》りだしたようだ」ミスター・ビーバーはそう言って、窓《まど》の外へ目をやった。「ますます好都合《こうつごう》です。雪になれば、訪《たず》ねてくる者もいないだろうし、追手《おって》が来たとしても、足跡《あしあと》が見つけられなくなるだろうから」

# 8　昼食のあとで起こったこと

「それで、タムナスさんはどうなったんですか？　聞かせてください」ルーシーが言った。

「ひどいことになりました」ミスター・ビーバーが首を振《ふ》りながら答えた。「きわめてまずい、きわめてまずいことになりました。警察《けいさつ》に連《つ》れていかれたことはまちがいありません。それを見ていた小鳥から聞いたんです」

「それで、どこへ連れていかれたんですか？」ルーシーがたずねた。

「最後《さいご》に目撃《もくげき》されたときは、北へ向かっていたという話です。それが何を意味するかは、言わなくてもわかるでしょう」

「いいえ、わたしたちは、わかりません」スーザンが言った。

ミスター・ビーバーは首を振《ふ》り、沈鬱《ちんうつ》なしぐさを見せた。「残念《ざんねん》ながら、例《れい》の館《やかた》に連《つ》れていかれたということだと思います」

「ビーバーさん、むこうはタムナスさんに何をするつもりなの？」ルーシーはあえぐような息づかいになっていた。

「それは――正確《せいかく》にはどうとも言えませんが、あの館に連れていかれてもどってきた者はほとんどおりません。石像《せきぞう》です。あの館は石像だらけだという話です。中庭も、階段《かいだん》も、上の広間も。みんな、（ここでミスター・ビーバーは言葉を止め、身震《みぶる》いをした）――石にされてしまうのです」

「でも、ビーバーさん、わたしたち何かできないんですか？」ルーシーが言った。「わたしたち、タムナスさんを助けるために、何かしなくちゃ。こんな恐《おそ》ろしいこと……それに、ぜんぶわたしのせいなんだもの」

「お嬢《じょう》さん、タムナスさんを助けたいというお気もちは、よくわかります」ミセス・ビーバーが言った。「でも、あの館に押《お》し入《い》って、生きて帰ってくるということは、不可能《ふかのう》なのです」

「何か計略《けいりゃく》はないのかな」ピーターが言った。「たとえば、何かの扮装《ふんそう》をするとか、物売りか何かのふりをするとか、魔女《まじょ》が館《やかた》から出ていくまで見張《みは》ってるとか——何か……くそっ、何か方法《ほうほう》があるはずだ。そのフォーンは身の危険《きけん》をおかして妹を救《すく》ってくれたんです、ビーバーさん。それなのに、こんなふうに——こんなふうに——こんな目に遭《あ》わせておくわけにはいかないんです」

「アダムの息子《むすこ》さん、それはだめです」ミスター・ビーバーが言った。「誰《だれ》あろう、あなたが助けにいくというのは、だめです。でも、いまはもうアスランが動きはじめていますから——」

「そうだ！　アスランのことを教えてください！」子どもたちがいっせいに声をあげた。アスランの名を聞いて、ふたたびあの不思議《ふしぎ》な感覚《かんかく》——春のおとずれに気づいたときのような、吉報《きっぽう》を耳にしたときのような、そんな気分に襲《おそ》われたからだった。

「アスランって、何者なんですか？」

「アスラン？」ミスター・ビーバーが言った。「知らないんですか？　アスランは王です。この森の創造主《そうぞうしゅ》です。でも、めったにおいでにはならないんですよ。わたしが生まれて以来《いらい》、いちども。わたしの父の時代にも、いちども。しかし、アスランがもどって来られたという知らせが届《とど》きました。いま、このとき、ナルニアにおられます。アスランが白い魔女《まじょ》をやっつけてくれるでしょう。タムナスさんを救《すく》うのは、あなたがたではなく、アスランなのです」

「魔女はアスランも石にしちゃうんじゃないの？」エドマンドが聞いた。

「なんてことを言うんですか、アダムの息子《むすこ》さん。ありえないことです！」ミスター・ビーバーは大笑《おおわら》いしながら言った。「アスランを石にする？　魔女なんか、アスランの前に出たら、腰《こし》を抜《ぬ》かさないようにしてアスランの顔を見るのがやっとでしょうよ。それでも上出来《じょうでき》なくらいです。いえ、ありえません。この地方に伝わる古い詩にあるように、アスランがすべてを正してくれるはずです。

アスラン来たれば　悪が滅《ほろ》び
アスラン吼《ほ》ゆれば　悲しみ癒《い》える
牙《きば》の一閃《いっせん》　冬を葬《ほうむ》り

たてがみふるえば　春めぐりくる

アスランのお姿《すがた》を一目《ひとめ》見れば、わかりますよ」

「わたしたち、アスランに会えるんですか？」スーザンが言った。

「もちろんですとも、イヴの娘《むすめ》さん。そのために、あなたがたをここへお連《つ》れしたのですから。わたしは、あなたがたをアスランに会う場所へご案内《あんない》することになっているのです」ミスター・ビーバーが言った。

「その――アスランって、人間なんですか？」ルーシーが言った。

「アスランが人間ですと！」ミスター・ビーバーが気色《けしき》ばんだ。「とんでもない。アスランは森の王であり、大海のかなたにあらせられる大帝《たいてい》のご子息《しそく》であられます。百獣《ひゃくじゅう》の王が何か、知らないんですか？　アスランはライオンです。ライオンの中のライオン、偉大《いだい》なるライオンです」

「え！」スーザンが声をあげた。「わたし、人間だと思ってた。アスランって――危険《きけん》じゃないんですか？　ライオンに会うなんて、わたし、不安《ふあん》だわ」

「それが当然《とうぜん》です、お嬢《じょう》さん。それでいいのですよ」ミセス・ビーバーが言った。「アスランの前に出て、ひざがくがく震《ふる》えない者がいたら、それはよほどの勇者《ゆうしゃ》か、それでなければただの馬鹿《ばか》ですよ」

「それじゃ、アスランは危険《きけん》なの？」ルーシーが言った。

「危険？」ミスター・ビーバーが言った。「いま家内《かない》が言ったことを聞いてなかったんですか？　危険でないなどと、誰《だれ》が言いました？　もちろん、アスランは危険です。でも、アスランは善《よ》き方《かた》です。さっきも言ったように、王なのですからね」

「ぼくはアスランに会いたいな」ピーターが言った。「そのときになったら、びびるかもしれないけど」

「それでこそアダムの息子《むすこ》さんです！」ミスター・ビーバーが前足でテーブルを打ったので、お皿やカップが音をたてた。「そのようになるでしょう。知らせによれば、あなたはまちがいなくアスランに会うことになっています。できれば、あす。〈石舞《いしぶ》台《たい》〉で」

「それはどこなの？」ルーシーが聞いた。

「わたしがご案内《あんない》します」ミスター・ビーバーが言った。「川を下った先、ここからはかなりの距離《きょり》があります。わたしがお連《つ》れしますよ！」

「でも、そのあいだ、タムナスさんはどうなるの？」ルーシーが言った。

「タムナスさんを助けるいちばん手っ取り早い方法《ほうほう》は、アスランに会うことです」ミスター・ビーバーが言った。「アスランと合流すれば、打つ手もあるでしょう。それは、あなたがたが必要《ひつよう》ではないという意味ではありません。なぜなら、こういう古い詩もあるからです。

アダムの肉とアダムの骨《ほね》が
ケア・パラヴェルの王座《おうざ》に就《つ》くとき
悪《あ》しき時代は終わりを告《つ》げる

つまり、アスランが来て、あなたがたも来たからには、決着が近いにちがいありません。以前《いぜん》にもこの地にアスランが来たという話は聞いたことがあります――ずっとむかしの話で、誰《だれ》も正確《せいかく》なことは知りません。でも、あなたがたの種族《しゅぞく》がここへ来たのは、初《はじ》めてです」

「ビーバーさん、ぼく、そこのところがわからないんです」ピーターが言った。

「だって、魔女《まじょ》は人間じゃないんですか?」

「人間だと思わせたがっているようですけどね」と、ミスター・ビーバーが言った。

「自分は人間だから女王になれるのだと主張《しゅちょう》していますが、あれはイヴの娘《むすめ》なんかじゃありません。あいつは、あなたがたの父祖《ふそ》アダムの(ここでミスター・ビーバーはおじぎをした)最初《さいしょ》の妻《つま》であったリリスの血を引いています。リリスはジン[1]です。それが一方の血。もう一方は、巨人《きょじん》です。あの魔女のからだには、人間の血は一滴《いってき》たりとも流れていないのです」

「それだから、あの女は骨《ほね》の髄《ずい》まで悪魔《あくま》なんですよね、あなた」ミセス・ビーバーが夫《おっと》に話しかけた。

1　イスラム神話の悪霊《あくりょう》。

「そのとおりだよ、おまえ」ミスター・ビーバーが答えた。「人間には善《ぜん》と悪の両面があるものですが（ここにおいでのみなさんを侮辱《ぶじょく》するつもりはありません）、人間のように見えてじつは人間でない者には善などありません」

「ドワーフの中には、善《よ》き者もいますけどね」ミセス・ビーバーが言った。

「ああ、言われてみれば、そうだね」ミスター・ビーバーが言った。「だが、それはほんの一握《ひとにぎ》りで、しかもいちばん人間に似《に》ていない種族《しゅぞく》だ。とにかく、大すじはわたしの申しあげたことを心に留《とど》めておかれるがよろしいと思います。何にしろ、人間になろうとして人間になれずにいる者や、かって人間だったけれどもはや人間でなくなった者や、人間であるはずなのに人間でない者に接《せっ》するときは、よく用心して、武《ぶ》器《き》から手を放さないことです。魔女《まじょ》がいつもナルニアへはいってくる人間を見張《みは》っている理由も、要《よう》はそこのところです。魔女はこれまでずっと、あなたがたのことを警《けい》戒《かい》していました。あなたがたが四人だと知ったら、魔女はなおいっそう危害《きがい》を加《くわ》えようとするでしょう」

「四人だということと何の関係《かんけい》があるのですか？」ピーターが聞いた。

「もう一つの予言があるからです」ミスター・ビーバーが答えた。「ケア・パラヴェルには——ケア・パラヴェルというのはお城《しろ》のことです。この川を下っていって海に出るところに建《た》っているお城で、世《よ》が世なら、それがこの国の都となるべきお城なのです——とにかく、ケア・パラヴェルには王座《おうざ》が四つあって、アダムの息子《むすこ》二人とイヴの娘《むすめ》二人がその王座に就《つ》いたとき、白い魔女《まじょ》の支配《しはい》が終わるとともに白い魔女の命も尽《つ》きる、という言《い》い伝《つた》えが太古《たいこ》のむかしからナルニアにはあるのです。だから、ここへ来る道々、あんなに警戒《けいかい》してきたのです。もし白い魔女があなたがた四人のことを知ったら、あなたがたの命など風前《ふうぜん》の灯《ともしび》ですよ！」

子どもたちは全員ミスター・ビーバーの話に一心に耳を傾《かたむ》けていたので、長いあいだ、ほかのことには何ひとつ気づかなかった。ミスター・ビーバーが話しおわって、そのあとに沈黙《ちんもく》が続《つづ》いたとき、とつぜんルーシーが声をあげた。

「ねえ、エドマンドはどこへ行ったの？」

少しのあいだ恐《おそ》ろしい沈黙があり、それに続いて、「最後《さいご》にエドマンドを見たのは、いつだった？」「いつからいなくなったんだろう？」「外に出ていったのかしら？」な

YOUCHAN

どと声があがり、みんな外に飛び出してあたりを見まわした。雪がしんしんと降っていて、ダム湖に張《は》っていた緑色の氷はすっかり厚《あつ》く白い雪の毛布《もうふ》におおわれていた。雪は、ビーバーの家が建《た》っているダムの中央から左右の川岸がほとんど見えないくらいに降っていた。みんなは足首まで柔《やわ》らかい新雪に埋《う》まりながら、家の周囲《しゅうい》をまわってあらゆる方角を探《さが》した。「エドマンド！　エドマンド！」みんな、声がかれるまで呼《よ》んだ。しかし、降る雪が声を殺《ころ》してしまい、こだまさえ返ってこなかった。

「なんてことなの！」とうとうみんながあきらめてもどってきたところで、スーザンが言った。「こんなところ、来なければよかった」

「ビーバーさん、ぼくたち、いったいどうしたらいいんでしょう？」ピーターが言った。

「どうするか、って？」ミスター・ビーバーは、すでに雪靴《ゆきぐつ》をはこうとしているところだった。「どうするって、いますぐ出発するしかありません。一瞬《いっしゅん》たりともむだにはできません！」

「だったら四組の捜索隊《そうさくたい》に分かれて探したほうがいいんじゃないかな」ピーターが提《てい》案《あん》した。「それぞれちがう方角を探すんだ。エドマンドをみつけたら、すぐにここへもどってきて――」

「捜索隊《そうさくたい》ですと、アダムの息子《むすこ》さん？　何のために？」ミスター・ビーバーが聞いた。

「何のためって、もちろんエドマンドを探《さが》すんですよ！」ピーターが答えた。

「探しても、むだです」ミスター・ビーバーが言った。

「どういう意味？」スーザンが言った。「まだ、それほど遠くへは行っていないはずよ。とにかく、見つけないと。むだとは、どういう意味なのですか？」

「探してもむだだと言うのは、もう行き先がわかっているからですよ！」ミスター・ビーバーが言った。子どもたちは驚《おどろ》いてミスター・ビーバーを見つめた。「わからないんですか？」ミスター・ビーバーが言った。「あの女のところへ行ったのですよ、白い魔女《まじょ》のところへ。あの子はわたしたちを裏切《うらぎ》ったのです」

「うそでしょ！　ありえない！」スーザンが言った。「そんなこと、するはずがないわ」

「そうでしょうか？」ミスター・ビーバーが三人の子どもたちを見すえて言った。三人とも、口まで出かかった言葉を飲みこむしかなかった。そのとき、三人ともはっきり悟《さと》ったのだ。まちがいなくエドマンドはみんなを裏切《うらぎ》ったのだ、と。

「でも、道がわかるだろうか？」ピーターが言った。

「あの子は、前にナルニアへ来たことがありますか？」ミスター・ビーバーが聞いた。

「ひとりでナルニアに来たことがありますか？」

「ええ」ルーシーが消え入りそうな声で答えた。「あると思います」

「そのとき何をしたとか、誰《だれ》と会ったとか、そんな話をしましたか？」

「いいえ、何も」ルーシーが答えた。

「では、よく聞いてください」ミスター・ビーバーが言った。「エドマンドはすでに白い魔女《まじょ》に会って、魔女の側《がわ》についたのです。そして、魔女がどこに住んでいるか、聞いていたのです。これまでは遠慮《えんりょ》して黙《だま》っていましたが（あなたがたのきょうだいでもあるし）、わたしはあの子を見た瞬間《しゅんかん》に『あ、この子は裏切るぞ』とわかりました。魔女と会って魔女の食べ物を口にした者であると顔に書いてありましたからね。ナルニアに長く住んでいると、そういうことがわかるようになるんです。目を見ればわかるんですよ」

「それでも」ピーターはなかば涙声《なみだごえ》になりながら言った。「それでも、探《さが》しに行かなくちゃ。だって、ぼくたちのきょうだいなんだから。あんな性格《せいかく》の悪いやつだけど。それに、まだほんの子どもだし」

「白い魔女《まじょ》の館《やかた》へ行くというのですか？」ミセス・ビーバーが口を開いた。「わからないの？　あの子を救《すく》うためにも、あなたがた自身の命を失わないためにも、白い魔女に近づかないようにするのが唯一《ゆいいつ》のチャンスなのですよ？」

「どういう意味ですか？」ルーシーが聞いた。

「どういう意味って、魔女がもくろんでいるのは、あなたがた四人全員をつかまえることだからです。魔女はケア・パラヴェルの四つの王座《おうざ》のことが頭から離れないんですよ。あなたがた四人を館に閉《と》じこめてしまおうというのが、魔女の狙《ねら》いです。それこそ、あっという間もなしに魔女の館にあなたがた四人の新しい石像《せきぞう》ができて、それでおしまいですよ。けれど、自分の手もとにエドマンド一人しかいないかぎり、魔女はエドマンドを生かしておくでしょう。おとりとして使うためにね。エドマンドを使って、あなたたち三人をおびきよせようというわけですよ」

「ああ、誰《だれ》もわたしたちを助けてくれる人はいないの？」ルーシーが泣《な》きながら言った。

「それができるのは、アスランだけです」ミスター・ビーバーが言った。「わたしたちはアスランに会いにいかなくてはなりません。それしかチャンスはないのです」

「ねえ、みなさん、エドマンドがいつ、いなくなったかをはっきりさせておくことが大切だと思うんですよ」ミセス・ビーバーが言った。「あの子が魔女《まじょ》にどれだけこちらの手の内を伝えられるかは、話をどこまで聞いていたかによりますからね。たとえば、ですよ。わたしたちがアスランの話をはじめたとき、あの子はまだここにいたかしら？　もしいなければ、形勢《けいせい》はこちらにかなり有利《ゆうり》になります。魔女はアスランがナルニアに来ていることを知りえないわけだし、わたしたちがアスランに会いに行こうとしていることも知りえないわけだから。となれば、その点に関《かん》するかぎり、魔女は警戒《けいかい》してこないでしょうからね」

「アスランの話をしてたとき、エドマンドはいなかったような気がする――」とピーターが言いかけたのを、ルーシーがさえぎった。

「ううん、いたわよ」ルーシーは落ちこんだ声で言った。「おぼえてない？　魔女がアスランを石にしちゃうんじゃないかって聞いたのは、エドマンドだったわ」

「ああ、そうだった！」ピーターが言った。「エドマンドの言いそうなことだ！」

「ますますまずいことになってきたぞ」ミスター・ビーバーが言った。「次は、アスランと落ちあう場所が〈石舞台《いしぶたい》〉だという話をしたとき、エドマンドがまだいたかどうか、ですが？」

もちろん、誰《だれ》ひとり答えることはできなかった。

「もし、エドマンドがまだその場にいたとすれば」と、ミスター・ビーバーが続《つづ》けた。「魔女《まじょ》は〈石舞台〉の方向へそりを走らせて、われわれと〈石舞台〉のあいだに割《わ》ってはいり、下流へ向かうわれわれをつかまえようとするでしょう。われわれはアスランから切《き》り離《はな》されてしまうことになります」

「でも、白い魔女が最初《さいしょ》にねらうのは、そっちではないと思いますよ」ミセス・ビーバーが口を開いた。「わたしの勘《かん》が正しければね。エドマンドからわたしたちがこの家にいることを聞き出したとたん、魔女は今夜のうちにわたしたちをつかまえに来るでしょう。もしエドマンドがここを離《はな》れたのが三〇分前だとするならば、あと二〇分もすればここにやってくるはず」

「おまえの言うとおりだ」と、ミスター・ビーバーが言った。「ここから逃《に》げなくては。ぐずぐずしている暇《ひま》はないぞ」

# 9　魔女《まじょ》の館《やかた》

さて、読者諸君《しょくん》はもちろんエドマンドがどうなったかも知りたいと思っていることだろう。エドマンドはほかのきょうだいたちと同じように昼ごはんを食べたが、心から食事を楽しむことはできなかった。というのは、ターキッシュ・デライトのことばかり考えていたからだ。悪い魔法《まほう》がかかった食べ物の記憶《きおく》ほど、ふつうの良《よ》い食べ物の味わいを損《そこ》なうものはない。エドマンドは会話も聞いていたが、それも楽しめなかった。ほかのみんなが自分のことをのけもの扱《あつか》いしている、自分は冷淡《れいたん》にあしらわれている、と思っていたからだ。実際《じっさい》はそんなことはなかったのだが、エドマンドはそう思いこんでいた。ミスター・ビーバーがアスランのことを話題にし、〈石舞台《いしぶたい》〉でアスランと会う手はずになっているという話をしたところまで、エドマンドは聞いていた。そして、その時点でエドマンドはそろそろと移動《いどう》をはじめ、ドアの前にかかっているカーテンのかげにかくれた。アスランの名を聞いて、ほかのきょうだいは何ともいえず心地《ここち》よい気分に包《つつ》まれたのに、エドマンドは何ともいえず恐《おそ》ろしい気分に襲《おそ》われたからだ。

ミスター・ビーバーが「アダムの肉とアダムの骨《ほね》」の詩句《しく》を詠《えい》じていたまさにそのとき、エドマンドはそっと音をたてないようにドアの取っ手を回そうとしていた。そして、ミスター・ビーバーが白い魔女《まじょ》は人間ではなくジンと巨人女《きょじんじょ》のあいだに生まれたものだという話を始める直前に、エドマンドは雪の降《ふ》りしきる外へ出て、そっとドアを閉《し》めた。

こんなことになってしまっても、エドマンドがピーターたちなんか石にされてしまえばいいと考えるほど悪者だったとは思わないでやってほしい。エドマンドは、ただターキッシュ・デライトが食べたくて、王子に（やがては王に）なりたくて、自分のことを「汚《きたな》いやつ」と呼《よ》んだピーターに仕返ししてやりたかっただけなのだ。魔女がきょうだい三人をどう扱《あつか》うかに関《かん》しては、エドマンドとしてはとくに親切にしてやってほしいとは思わなかったし、もちろん自分と同レベルの扱《あつか》いをしてやってほしいなどとは思わなかったが、半面、魔女《まじょ》が三人にそれほど凶悪《きょうあく》なことはしないだろうと勝手に思いこんでいた——あるいは思いこんだふりをしていた。「だって、魔女の悪口を言う連中《れんちゅう》はみんな魔女の敵《てき》なんだから、そんなやつらの話なんか半分うそにちがいない。とにかく、魔女はぼくにはすごく親切だった。あの連中よりずっと親切だった。あの人は、きっと正当な女王にちがいない。どっちにしたって、例《れい》の恐《おそ》ろしいアスランよりはましにちがいない！」少なくとも、エドマンドは心の中でそう考えて自分の行動を正当化していた。でも、それはあまり上等な理屈《りくつ》ではなかった。心の底《そこ》で、エドマンドもほんとうはわかっていたのだ。白い魔女は凶悪で残酷《ざんこく》な女なのだ、と。

雪の降《ふ》りしきる外に出て最初《さいしょ》に気づいたのは、ビーバーの家にコートを忘《わす》れてきたということだった。もちろん、いまとなっては、取りにもどることはできない。次に気づいたのは、日が暮《く》れかけているということだった。そもそもみんなが昼食のテーブルについたのが午後三時すぎだったし、冬の日は短いのだ。エドマンドはそのことを考えていなかった。でも、こうなった以上《いじょう》、なんとかできるだけやってみるしかなかった。エドマンドはシャツの襟《えり》を立て、川の向こう岸をめざして、そろそろとダムの上を歩きはじめた（ありがたいことに、新しく雪が降《ふ》りつもったおかげで足もとは滑《すべ》りにくくなっていた）。

向こう岸につくころには、状況《じょうきょう》はかなり厳《きび》しくなっていた。あたりはどんどん暗くなってくるし、夕暮《ゆうぐ》れの暗さと渦《うず》を巻《ま》くように降りしきる雪とで、ほんの一メートル先さえほとんど見えなくなっていた。しかも、道らしい道もなかった。エドマンドは雪の深い吹《ふ》きだまりに埋《う》まり、凍《こお》った水たまりで滑り、倒《たお》れた木につまずき、土手の急斜面《きゅうしゃめん》を滑り落ち、岩でむこうずねをすりむき、全身ずぶ濡《ぬ》れで凍《こご》えて打ち身だらけになってしまった。あたりは恐《おそ》ろしいほどの静《しず》けさと寂《さび》しさだった。実際《じっさい》、エドマンドはこの時点で何もかもあきらめてビーバーの家にもどり、すべてを白状《はくじょう》してみんなと仲直《なかなお》りしようかと思いかけたのだが、たまたまそこで「ぼくがナルニアの王になったら、最初《さいしょ》に、もっとちゃんとした道路を作るぞ」という考えが頭にうかんだ。そして、それをきっかけに、王になったらやりたいことがいろいろ頭にうかんできて、エドマンドはいくらか元気を取りもどした。どんな王宮を建《た》てようか、車を何台持とうか、自分専用《せんよう》の映画館《えいがかん》はどんなふうにしようか、主要《しゅよう》な鉄道はどこに敷《し》こうか、そうだビーバーのダムを禁止《きんし》する法律《ほうりつ》も作らなくちゃ、などとあれこれ考え、最後《さいご》にピーターをつけあがらせないための方策《ほうさく》を細《こま》かいところまで考えたあたりで、空もようが変《か》わった。まず最初《さいしょ》に雪がやんだ。それから風が出て、凍《い》てつく寒さになった。やがて雲が吹き払《ふはら》われ、月が姿《すがた》をあらわした。その夜は満月《まんげつ》で、月の光が一面の雪《ゆき》景色《げしき》に降《ふ》りそそいだので、あたりは昼間のような明るさになった――ただ月光の作る影《かげ》だけが足もとをまだらに混乱《こんらん》させていた。

川の支流《しりゅう》まで行きついた時点で月が出なかったら、エドマンドは道を見つけることができなかっただろう。前に書いたように、最初にビーバーの家へやってきたとき、エドマンドは下流のほうで大きな川に別《べつ》の小さな川が合流しているのを見ていた。いま、エドマンドはその合流地点までやってきて、こんどは小さな川にそってさかのぼろうとしていた。しかし、小さな川が流れ下る狭《せま》い谷はそれまでたどってきた谷よりはるかに険《けわ》しく、岩だらけで、低木《ていぼく》が一面に生《お》いしげっていたから、暗闇《くらやみ》の中ではとても前に進めなかっただろう。いま、こうして月光の助けを借《か》りてもなお、エドマンドは全身ずぶ濡《ぬ》れになってしまった。かがんで木の枝《えだ》の下をくぐるたびに、枝に積《つ》もった大量《たいりょう》の雪が背中《せなか》に落ちてきたからだ。そのたびに、エドマンドはますますピーターを憎《にく》く思った。まるで、こういうことになったのはすべてピーターが悪いせいだ、とでもいうように。

しかし、ついにエドマンドは地面が平らになって谷が開けている場所にたどりついた。そして、川の対岸に目をやると、かなり近いところ、二つの丘《おか》のあいだの小さな平地の中央に、白い魔女《まじょ》の館《やかた》とおぼしきものが見えた。月はなおいっそうさえざえとあたりを照《て》らしていた。魔女の館は、ほとんど小さな城《しろ》といってもいいほどの威容《いよう》だった。どこもかしこも塔《とう》だらけの建物《たてもの》で、やぐらの上に長くとがった鋭《するど》い針《はり》のような尖塔《せんとう》が無数《むすう》にそびえていた。まるで、出来《でき》の悪い生徒《せいと》が罰《ばつ》としてかぶせられる円《えん》錐形《すいけい》の帽子《ぼうし》か、さもなければ魔法《まほう》使いの帽子のような形だった。たくさんの尖塔が月光に照《て》らされて、雪の上に長く伸《の》びた不気味《ぶきみ》な影《かげ》を落としていた。エドマンドは、館を見ておじけづいた。

YOUCHAN

しかし、いまさら引き返すには遅《おそ》すぎる。エドマンドは凍《こお》った川を渡《わた》り、魔女《まじょ》の館《やかた》へ近づいていった。あたりには何ひとつ動くものもなく、かすかな音さえ聞こえなかった。エドマンド自身の足音さえ、深い新雪に吸《す》いこまれて消えてしまった。エドマンドは建物《たてもの》の角を次々に曲がり、やぐらを次々に通《とお》り過《す》ぎて、入口を探《さが》した。建物のいちばん遠い反対側《はんたいがわ》に回ったところで、ようやく入口が見つかった。それは巨大《きょだい》なアーチ型《がた》の門で、大きな鉄の扉《とびら》は広く開け放たれていた。

エドマンドはそっと門に歩《あゆ》み寄《よ》り、中庭をのぞいた。そして、心臓《しんぞう》が止まりそうになった。門をはいってすぐのところに、月光に照《て》らされて、巨大なライオンがいまにもとびかかりそうな勢《いきお》いで身がまえていたのだ。エドマンドは進むこともできず、さりとて退《しりぞ》くこともかなわず、膝《ひざ》をがくがく震《ふる》わせながら門のかげで立ちすくんでいた。恐怖《きょうふ》で歯が鳴らなかったとしても、寒さで歯が鳴りだしそうなくらい長い時間が過ぎた。いったいどのくらいのあいだそうして立っていたのかわからないが、とにかくエドマンドには長い長い時間に感じられた。

そのうち、とうとう、エドマンドは考えはじめた——ライオンは、なぜいつまでも動かずにいるのだろう？　エドマンドがライオンの姿《すがた》を目にして以来《いらい》、ライオンは一センチも動いていなかった。エドマンドは勇気《ゆうき》を出してライオンに少し近づいた。といっても、まだできるだけ門のかげに身をひそめていたのだが。あらためて眺《なが》めてみると、立っている向きからして、ライオンが自分のほうなどぜんぜん見ていないことがわかった（「でも、こっちを向いたらどうしよう？」と、エドマンドは思った）。実際《じっさい》、ライオンの視線《しせん》は別《べつ》のものに注がれていた――それは小さなドワーフで、ドワーフは一メートルばかり離《はな》れた場所でライオンに背《せ》を向けて立っていた。「そうだ！」「エドマンドは思った。「ライオンがドワーフにとびかかった瞬間《しゅんかん》が、逃げるチャンスだ！」しかし、ライオンはなおも微動《びどう》だにせず、ドワーフのほうもぴくりとも動かなかった。このときになって、ようやく、エドマンドは白い魔女《まじょ》が人々を石に変《か》えてしまう話を思い出した。たぶん、これはただの石のライオンなのだ。そう思った瞬間、エドマンドは気づいた。ライオンの背中《せなか》と頭に雪が積《つ》もっている――なんだ、こんなの石像《せきぞう》にきまってるじゃないか！　生きている動物ならば、雪をかぶったままでいるはずがない。エドマンドは、じりじりとライオンに近づいていった。心臓《しんぞう》が破《は》裂《れっ》しそうなくらいどきどきしていた。ここまで近づいてもエドマンドはライオンにさわる勇気《ゆうき》が出なかったが、それでもやっと片手《かたて》をのばして、ほんの一瞬《いっしゅん》だけさわってみた。はたして、それは冷《つめ》たい石だった。エドマンドはたかが石像《せきぞう》に怖《お》じけていたのだった！

すっかり安心したせいで、その場の寒さにもかかわらず、エドマンドはにわかにつまさきまで全身がぽっと温かくなったような気がした。そして同時に、このうえなくすてきな考えがうかんだ。「たぶん、これがみんなの話してた偉大《いだい》なるライオンのアスランってやつにちがいない。魔女《まじょ》がもうアスランをつかまえて、石にしちゃったんだ。偉《えら》そうなこと言って、このざまか。へん！　アスランなんて、誰《だれ》が怖《こわ》がるものか！」

ひとり悦《えつ》に入《い》って石のライオンを眺《なが》めたあげく、エドマンドは非常《ひじょう》に愚《おろ》かで子どもじみた行動に出た。ポケットからちびた鉛筆《えんぴつ》を取り出して、ライオンの上《うわ》くちびるにチョビひげを描《か》き、目のまわりに眼鏡《めがね》を描いたのだ。そして、「やーい、アスランの馬鹿《ばか》！　石にされて、うれしいか？　王様が聞いてあきれるぜ！」とはやしたてた。

しかし、落書きにもかかわらず、石にされて月を見上げる百獣《ひゃくじゅう》の王の顔は恐《おそ》ろしく、悲しげで、そして気高《けだか》く見えて、からかってはみたもののエドマンドは浮《う》かれた気分になれなかった。エドマンドは向きを変《か》え、中庭を横切って歩きだした。

中庭の真ん中まで来て見わたしてみると、何十もの石像《せきぞう》があちこちに立っていて、まるでチェスの盤上《ばんじょう》に駒《こま》が並《なら》んでいるような眺《なが》めだった。石のサタイア[1]。石のオオカミ。石のクマ。石のキツネ。石のヤマネコ。女の人のように見える美しい石像もあったが、それは石にされた木の精《せい》たちだった。大きなケンタウロス[2]や天馬《てんば》の石像もあった。長くくねくねした石像はたぶんドラゴンなのだろう、とエドマンドは思った。どれも生きていたときの姿《すがた》そのままの形で明るく冷《つめ》たい月光に照《て》らされてぴくりとも動かずに立っている光景《こうけい》は奇妙《きみょう》で、中庭を横切りながらエドマンドは薄気味《うすきみ》が悪かった。中庭の中央には人間そっくりな形の巨大《きょだい》な石像が立っていた。木と同じくらい背《せ》が高く、猛々《たけだけ》しい顔つきで、もじゃもじゃのひげを生やし、右手に大きな棍棒《こんぼう》を握《にぎ》っている。ただの石像で本物の巨人《きょじん》ではないとわかっていても、その前を通りすぎるときエドマンドは身の縮《ちぢ》む思いがした。

中庭のつきあたりにある入口から薄暗《うすぐら》い光がこぼれているのが見えた。近くまで行ってみると、石の階段《かいだん》があって、その先の扉《とびら》が開いていた。エドマンドは石段《いしだん》をのぼっていった。戸口に大きなオオカミが横たわっていた。

「だいじょうぶ、だいじょうぶ」エドマンドは自分に言い聞かせるようにつぶやいた。

「ただの石のオオカミだから。何もしやしないさ」そうつぶやきながら、エドマンドはオオカミをまたごうとした。その瞬間《しゅんかん》、巨大《きょだい》なけものが身を起こし、背中《せなか》の毛を逆立《さかだ》て、赤い大きな口を開けてうなり声をあげた。

「何者だ？　何者だ？　動くな、名を名乗れ」

「すみません」エドマンドは震《ふる》えあがって満足《まんぞく》に口をきくことすらできなかった。

「ぼ、ぼくはエ、エドマンドと申します。この前、じょ、女王陛下《へいか》が森で出会ったアダムの息子《むすこ》です。ぼくのきょうだいがいまナルニアにいるので、そのことを知らせに

1　ギリシア神話のサチュロス。上半身が人間で下半身がヤギまたは馬の姿で、ローマ神話のファウヌス（フォーン）と同じものとされる。

2　ギリシア神話に登場する上半身が人間で下半身が馬の怪物《かいぶつ》。

来ました。すぐ近くにいるんです、ビーバーの家に。女王陛下《へいか》が――その、きょうだいたちに会いたいとおっしゃったので」

「女王陛下に取り次いでくる」オオカミが言った。「そのあいだ、ここにじっと立ってろ、命が惜《お》しいなら」そう言うと、オオカミは館《やかた》の奥《おく》へ姿《すがた》を消した。

エドマンドはその場にじっと立ったまま待った。指がかじかんで痛《いた》みだし、心臓《しんぞう》がばくばくしていた。しばらくすると、魔女《まじょ》の秘密警察隊長《ひみつけいさつたいちょう》モーグリムが飛《と》びはねるように走ってもどってきて、言った。「はいれ！　はいれ！　女王のお気に入りとは、運のいいやつめ――いや、運がいいかどうかはわからんが」

エドマンドはオオカミの足を踏《ふ》まないよう気をつけながらついていった。案内《あんない》されたのは、柱がたくさん並《なら》んだ奥行《おくゆ》きのある薄暗《うすぐら》い広間で、中庭と同じく石《せき》像《ぞう》が所狭《ところせま》しと立っていた。ドアにいちばん近いところに小さなフォーンの石像があって、とても悲しそうな表情《ひょうじょう》をしていた。これがルーシーの友だちのフォーンなのだろうか、という思いがエドマンドの胸《むね》にうかんだ。広間を照《て》らしているのはたったひとつのランプの光で、そのすぐ脇《わき》に白い魔女がすわっていた。

「参上《さんじょう》いたしました、陛下《へいか》」エドマンドは意気《いき》ごんで女王の前へ進んでいった。

「なぜ一人で来たのじゃ?」魔女《まじょ》が恐《おそ》ろしい声で言った。「きょうだいを連《つ》れてこいと言っただろう」

「すみません、陛下。できるだけのことはしたのですが。すぐ近くまでは連れてきました。きょうだいたちは、川をちょっとさかのぼったところのダムの上にある小さな家にいます。ビーバー夫妻《ふさい》のところです」

女王の顔にゆっくりと残忍《ざんにん》な笑《え》みが広がった。

「おまえが持ってきた知らせとは、それだけか」

「いいえ、陛下」エドマンドは、ビーバーの家を出る前に聞いたことをすべて話した。

「何!　アスランだと?」女王が声をあげた。「アスラン!　それは、まことか?　いつわりを申したとあらば――」

「お願《ねが》いです、ぼ、ぼくは、ただ、聞いたことをお伝《つた》えしただけです」エドマンドは言葉につまりながら言った。

しかし女王はすでにエドマンドのことなど眼中《がんちゅう》になく、両手を打って人を呼《よ》んだ。

即座《そくざ》に、前に女王のお供《とも》で見たことのあるドワーフが姿《すがた》をあらわした。

「そりを用意せよ」魔女《まじょ》が命令《めいれい》した。「よいか、ハーネスは鈴《すず》のついていないものを使うのだぞ」

## 10　冬の呪《のろ》い、とけはじめる

　話をビーバー夫妻《ふさい》と三人の子どもたちにもどそう。「ぐずぐずしている暇《ひま》はないぞ」というミスター・ビーバーの言葉を合図に全員が大急ぎでコートを着こみはじめたが、ミセス・ビーバーだけは大きな袋《ふくろ》を集めてテーブルの上に並《なら》べ、「あなた、ちょっとそこに吊《つ》るしてあるハムを取ってくださいな。それから、お茶を一箱に、お砂糖《さとう》に、マッチも。あと、誰《だれ》か、そこのすみに置《お》いてある陶器《とうき》のケースからパンを二、三個《こ》持ってきてくれないかしら」などと言いだした。

「ビーバーさん、何してるんですか⁉」スーザンが大きな声を出した。

「みんなの荷物を作ってるんですよ、お嬢《じょう》さん」ミセス・ビーバーはすました顔で答えた。「食べ物も持たずに旅に出ようとおっしゃるんじゃないでしょうね？」

「でも、時間がないんです！」スーザンがコートの襟《えり》もとのボタンをとめながら言った。「魔女《まじょ》がいつ来るか、わからないんですよ⁉」

「そのとおりだよ」ミスター・ビーバーがあいづちを打った。

「みんな、何をあわててるの」ミセス・ビーバーが言い返した。「よく考えてごらんなさいな、あなた。魔女が来るまでに、少なくともまだ一五分はあるでしょう？」

「でも、できるだけ早く出発して相手を引《ひ》き離《はな》しておいたほうがいいんじゃないかな、魔女より先に〈石舞台《いしぶたい》〉に着くためには」ピーターが言った。

「そうですよ。そこがだいじなんです」スーザンがミセス・ビーバーに言った。「この家を見にきて、わたしたちが出発したあとだと知ったら、魔女は全速力で追ってくるんじゃありませんか？」

「それはそうでしょう」ミセス・ビーバーが言った。「だけど、どっちにしたって、わたしたちが魔女より先に〈石舞台〉に着くのは無理《むり》ですよ。むこうはそり、こっちは歩きなんですからね」

「それじゃ――もうあきらめるしかないんですか？」スーザンが言った。

「さあ、さあ、そんなにあわてないで、お嬢《じょう》さん」ミセス・ビーバーが言った。「そこのひきだしから洗《あら》ってあるハンカチを六枚《まい》ばかり出してくださいな。もちろん、あきらめることはありませんよ。魔女《まじょ》より先に着くのは無理《むり》だとしても、魔女に見つからないようにして、むこうが考えてもみないような道を通っていけば、たぶん〈石舞《いしぶ》台《たい》〉に着くことはできるでしょうからね」

「たしかにおまえの言うとおりだ」ミスター・ビーバーが言った。「それにしても、もう出かけないと」

「まったく、もう、あなたまであわてないでくださいな」ミセス・ビーバーが夫《おっと》に言った。「さ、これでよし、と。荷物が五個《こ》できたわ。はい、いちばん小さい荷物はいちばん小さい人へ。あなたのですよ」ミセス・ビーバーはルーシーのほうを向いて言った。

「ねえ、お願《ねが》いだから急いでください」ルーシーが言った。

「はい、はい、もうすぐですよ」ミスター・ビーバーに雪靴《ゆきぐつ》をはかせてもらいながら、ミセス・ビーバーがつぶやいた。「ミシンは重すぎて運べないかしらね？」

「ああ、たしかに重すぎる」ミスター・ビーバーが言った。「重すぎて話にならんよ。逃《に》げてる最中《さいちゅう》にミシンを使おうなんて言うんじゃないだろうね？」

「魔女《まじょ》のやつがわたしのだいじなミシンをいじくりまわすかと思うと、がまんできないんですよ」ミセス・ビーバーが言った。「それに、壊《こわ》したり盗《ぬす》んだりするだろうし」

「お願《ねが》い、お願い、お願いですから急いでください！」三人の子どもたちが懇願《こんがん》した。

こうして、やっとのことで全員が家の外に出て、ミスター・ビーバーがドアに鍵《かぎ》をかけ（「魔女を少しでも手間取らせることができるだろうからね」とミスター・ビーバーは言った）、一行《いっこう》は全員が肩《かた》に荷物をかついで歩きはじめた。

家を出るころには雪がやみ、月が顔を出していた。五人は一列になって歩いていった。先頭がミスター・ビーバー、次がルーシー、続《つづ》いてピーター、スーザン、そしてしんがりがミセス・ビーバーだった。ミスター・ビーバーはダムの上を歩いて川の右岸へ渡《わた》り、そこから川岸に生えている木々のあいだを抜《ぬ》ける谷底《たにぞこ》の険《けわ》しいけもの道を進んでいった。谷の両側《りょうがわ》には、月光に照《て》らされて高い断崖《だんがい》がそそりたっていた。「できるだけ谷底を進んでいくほうがいいんです」と、ミスター・ビーバーが言った。

「魔女《まじょ》は断崖《だんがい》の上を行くしかないでしょう。そりでは谷底《たにぞこ》まで下りてこられませんかられ」

夜の渓谷《けいこく》は、安楽椅子《あんらくいす》にすわって窓《まど》ごしに眺《なが》めるだけならば、とても美しい景色《けしき》に思われたことだろう。ルーシーも、初《はじ》めのうちは夜の景色を楽しんでいた。しかし、延々《えんえん》と歩きつづけ、まだ歩きつづけ、さらに歩きつづけるうちに、肩《かた》に背負《せお》った荷物がしだいに重くなり、ルーシーはみんなについていけるかどうか心配になってきた。やがて、月光にしらじら輝《かがや》く凍《い》てついた川面《かわも》の美しさも、つららが月の光を浴《あ》びてきらめく滝《たき》の美しさも、ルーシーの目にははいらなくなってきた。木のてっぺんにふんわり積《つ》もった白い雪も、まばゆい大きな月も、無数《むすう》の星も、楽しむ余裕《よゆう》がなくなった。そして、いっこうに立ち止まる気配《けはい》もなくずんずん雪を踏《ふ》みしめて進んでいく目の前のミスター・ビーバーの小さくて短い足をひたすら見つめながら歩くばかりだった。やがて月が姿《すがた》を消し、ふたたび雪が降《ふ》りはじめた。とうとうルーシーは疲《つか》れはて、歩きながら眠《ねむ》りそうになった。そのとき、とつぜん、ミスター・ビーバーが川岸を離《はな》れて右のほうへ向きを変《か》え、低木《ていぼく》が密生《みっせい》する急な斜面《しゃめん》をのぼりはじめた。そして、眠《ねむ》りかけていたルーシーがはっと正気にもどったとき、ミスター・ビーバーは斜面《しゃめん》の中腹《ちゅうふく》にある小さな穴《あな》の中へ消えていくところだった。穴の入口はしげみに厚《あつ》くおおわれていて、すぐ真上に来るまで、そこに穴があるとは気づかないような場所だった。実際《じっさい》、ルーシーが目の前で起こっていることを理解《りかい》したときには、すでにミスター・ビーバーの姿《すがた》は短くて平べったいしっぽを残して消えていた。ルーシーは急いで身をかがめ、ミスター・ビーバーに続《つづ》いて穴の中へもぐっていった。後ろから這《は》って進む音やハアハア息を切らす音が聞こえ、五人全員が穴の中におさまった。

「ここはいったい何なんですか?」暗闇《くらやみ》の中で、ピーターの疲《つか》れて青白い声がした(「青白い声」というのがどんな声かは読者諸君《しょくん》の想像《そうぞう》におまかせする)。

「ビーバー一族がむかしから難局《なんきょく》に際《さい》して利用《りよう》してきた隠《かく》れ場所です」ミスター・ビーバーが言った。「だいじな秘密《ひみつ》の場所です。たいした場所ではありませんが、とにかく何時間か眠らないと」

「みなさんがたが出発前にあんなにやいのやいのやいの言わなかったら、枕《まくら》を持ってきたのに」と、ミセス・ビーバーがこぼした。

　タムナスさんの洞穴《ほらあな》みたいにすてきな場所じゃなくて残念《ざんねん》だわ、とルーシーは思った。この洞穴は、ただ地面に穴を掘《ほ》っただけの場所だった。でも、乾《かわ》いた土のにおいがした。穴はとても狭《せま》かったので、全員が横になると、着ぶくれたかたまりがびっしりすきまなく並《なら》んだようなかっこうになった。長い時間歩いてからだがすっかり温まっていたことも手伝《てつだ》って、寝心地《ねごこち》はそれほど悪くなかった。地面があんなにごつごつしていなければ！　暗闇《くらやみ》の中でミセス・ビーバーが小さな水筒《すいとう》を出し、全員が少しずつ回し飲みした。それはのどを刺《さ》すようなぴりっとした味で、あちこちで咳《せ》きこんだりむせたりする音が聞こえたが、飲んだあとはからだがほかほか温まり、みんなあっという間に眠《ねむ》りについた。

　ルーシーにはほんの数分にしか感じられなかったが、実際《じっさい》には何時間も眠った。目がさめかけてくると少し寒くて、全身がひどくこわばっていて、熱《あつ》いお風呂《ふろ》にはいれたらどんなにいいだろうと思った。頬《ほお》のあたりに長いひげが当たってなんだかくすぐったい……洞窟《どうくつ》の入口から冷《つめ》たい日の光がさしこんでいる……と、ぼんやり考えていたルーシーは、はっとして目をさました。ほかのみんなも同じだった。実際、全員が上半身を起こし、口を大きく開け、目をみひらいて、外から聞こえてくる音に耳をそばだてた。きのうの夜、歩いているあいだじゅう、いつ聞こえてくるかとひやひやしながら、すでに遠くから聞こえているような気さえしていた音——それは、そりの鈴《すず》の音《ね》だった。

ミスター・ビーバーは、音を聞いた瞬間《しゅんかん》、電光石火《でんこうせっか》の勢《いきお》いで洞穴《ほらあな》から飛《と》び出《だ》していった。なんて馬鹿《ばか》なことをするんだろう、とルーシーは思ったし、読者諸君《しょくん》もそう思うかもしれない。しかし、じつはそれは非常《ひじょう》に賢明《けんめい》な行動だったのだ。びっしりとしげった低木《ていぼく》やイバラの根方《ねかた》を縫《ぬ》っていけば姿《すがた》を見られずに堤防《ていぼう》の上までよじのぼっていけることを、ミスター・ビーバーは知っていた。そして、ミスター・ビーバーは魔女《まじょ》のそりがどっちの方向へ行ったのかを何としても知っておきたかったのだ。ほかの者たちは、どうなったのだろうと思いながら洞穴の中で待っていた。五分ほども待っただろうか。そのとき、ぎょっとするようなことが起こった。話し声が聞こえたのだ。「たいへん!」と、ルーシーは思った。「姿を見られちゃったんだわ。魔女につかまっちゃったんだ！」それだけに、少しして洞窟《どうくつ》のすぐ外からみんなを呼《よ》ぶミスター・ビーバーの声が聞こえたときには、誰《だれ》もがおおいに驚《おどろ》いた。

「だいじょうぶだ」ミスター・ビーバーの大きな声がした。「出ておいで、ミセス・ビーバー。出ておいで、アダムの息子《むすこ》さんと娘《むすめ》さんたち。だいじょうぶだ！　あいつじゃないいだった！」この言葉づかいは文法的《ぶんぽうてき》には正しくないが、ビーバーたちは興奮《こうふん》するとこういう話し方になるのだ――というのは、ナルニアでの話。わたしたちの世界では、ふつう、ビーバーはまったくしゃべらない。

ミセス・ビーバーと子どもたちはどやどやと洞穴《ほらあな》から出てきて、日の光に目をぱちくりさせた。みんな土まみれでかび臭《くさ》く、髪《かみ》はぼさぼさで、目はまだ眠《ねむ》そうだった。

「おいで！」ミスター・ビーバーが呼んだ。嬉《うれ》しくて踊《おど》りだしそうなようすだった。

「こっちへ来て、見てごらん！　魔女《まじょ》に一矢《いっし》を報《むく》いてやったぞ！　魔女め、力が衰《おとろ》えはじめているらしい」

「それ、どういう意味なんですか、ビーバーさん？」急斜面《きゅうしゃめん》を駆《か》け上《あ》がりながら、ピーターが荒《あら》い息でたずねた。

「わたし、言いませんでしたかね、魔女《まじょ》のやつが一年じゅう冬なのにクリスマスが来ないようにしちまった、ってことを？」ミスター・ビーバーが言った。「言いませんでしたかね？ ところが、どうですか。こっちへ来て、見てごらんなさい！」

みんな崖《がけ》の上までのぼって、自分たちの目で確《たし》かめた。

そこに止まっていたのは、たしかに、そりだった。しかも、トナカイがひくそりで、ハーネスに鈴《すず》がついていた。ただし、トナカイは魔女のトナカイよりはるかに大きく、色も白ではなくて茶色だった。そして、そりに乗っているのは、誰《だれ》もが見た瞬間《しゅんかん》にそれとわかる人物だった。とても大柄《おおがら》な人物で、鮮《あざ》やかな赤い色（ヒイラギの実と同じくらい真《ま》っ赤《か》な色）の服を着ていて、毛皮の裏《うら》つきのフードをかぶり、真っ白い豊《ゆた》かなひげが泡《あわ》立《だ》つ滝《たき》のように胸《むね》もとまで垂《た》れていた。誰もがその人物を知っているのは、実際《じっさい》にはそういう人たちにはナルニア国の中でしか会えないものの、わたしたちの世界（衣装《いしょう》だんすの扉《とびら》のこちらがわの世界）においてもその人たちの絵を見る機《き》会《かい》はあるし、その人たちの話を聞く機会もあるからだ。でも、ナルニアで実際に会ってみると、その人物はずいぶん印象《いんしょう》がちがって見えた。わたしたちの世界で見る絵の中には、サンタクロースをただ面白《おもしろ》くて陽気なだけの人物に描《えが》いているものがあるが、子どもたちが実際《じっさい》に会ったサンタクロースはそんな人物ではなかった。実際のサンタクロースはとても大きくて、とても楽しげで、しかもまぎれもない本物だったので、子どもたちはすっかり言葉を失《うしな》ってしまった。みんなサンタクロースに会えてすごくうれしかったが、同時に厳粛《げんしゅく》な気もちになった。

「ようやく来られたよ」サンタクロースは言った。「長いあいだ魔女《まじょ》に邪魔《じゃま》されてこの国にはいれなかったが、ようやくはいることができた。アスランが動きはじめている。魔女の魔法《まほう》は弱りはじめている」

ルーシーのからだを深い歓喜《かんき》の震《ふる》えが駆《か》け抜《ぬ》けた。厳粛な気もちで言葉を失っているときだけに感じられる魂《たましい》のおののきだった。

「それでは、みなさんにプレゼントをあげよう」サンタクロースが言った。「ミセス・ビーバー、あなたには新しくて上等なミシンを。通りがけに、おたくに届《とど》けておくよ」

「おそれながら」ミセス・ビーバーが膝《ひざ》を折《お》っておじぎをしながら言った。「家には鍵《かぎ》がかかっております」

「鍵やかんぬきなど、わたしには何の意味もないよ」サンタクロースが言った。「それから、ミスター・ビーバー、あなたには、家に帰ったときダムが完成《かんせい》して、修繕《しゅうぜん》も終わって、水漏《みずも》れ箇所《かしょ》がすべてふさがって、新しい水門がついているようにしておこう」

ミスター・ビーバーは、うれしさのあまり口を大きく開けたまま言葉が出てこなかった。

「アダムの息子《むすこ》、ピーターよ」サンタクロースが言った。

「はい」ピーターが答えた。

「きみへのプレゼントは、これだ。おもちゃではない。武器《ぶき》だ。これを使う機会《きかい》は、おそらく近いうちにやってくるだろう。ぞんぶんに役立てなさい」その言葉とともに、サンタクロースはピーターに盾《たて》と剣《つるぎ》を与《あた》えた。盾は銀色で、後ろ足で立ち上がったライオンの図柄《ずがら》が熟《じゅく》したイチゴと同じくらい真《ま》っ赤《か》な色で描《えが》かれていた。剣のつかは金でできていて、鞘《さや》や剣帯《けんたい》もそろっており、ピーターにちょうどいい大きさと重さ

YOUCHAN

だった。ピーターは無言《むごん》のまま厳粛《げんしゅく》な面持《おもも》ちでプレゼントを受け取った。それが重大な意味を持つとわかっていたからだ。

「イヴの娘《むすめ》、スーザンよ。これはきみへのプレゼントだ」サンタクロースはそう言って、弓を一張《は》りと、矢がいっぱいはいった矢筒《やづつ》と、小さな象牙《ぞうげ》の角笛《つのぶえ》を渡した。「矢は、さしせまったときだけ使うように。なぜなら、あなたは戦《たたか》いに加《くわ》わるものではないからだ。この矢は、めったに的《まと》をはずさない。それから、この角笛を口にあてて吹《ふ》けば、あなたがどこにいようとも、助けがやってくるだろう」

最後《さいご》に、サンタクロースは「イヴの娘、ルーシーよ」と声をかけ、ルーシーが一歩前に出た。サンタクロースはルーシーに小さなびん（ガラスでできているように見えたが、のちに人々が語ったところではダイヤモンドでできていたという）と短剣《たんけん》を与《あた》えた。「このびんには、太陽の山に育つ炎《ほのお》の花から作られた薬酒《やくしゅ》がはいっている。あなた自身またはあなたの友人が傷《きず》ついたとき、これを数滴《すうてき》飲ませれば、傷が癒《い》えるだろう。それから、短剣《たんけん》はさしせまったときに身を守るために使いなさい。なぜなら、あなたもまた戦いに加わるものではないからだ」

「なぜですか?」ルーシーは聞いた。「わたし――よくわからないけど――わたし、臆病者《おくびょうもの》ではありません」

「そういう問題ではないのだよ」サンタクロースが言った。「女性《じょせい》を巻《ま》きこんだ戦《たたか》いは、見苦しいものになる。さて、それでは――」と、ここでサンタクロースは顔をほころばせ、「さしあたり、みなさんにこれをさしあげよう!」と言って、ティーカップ五客《きゃく》と砂糖《さとう》入れとクリーム入れと熱々《あつあつ》の紅茶《こうちゃ》入りの特大《とくだい》ティーポットをのせた大きなトレーを取り出し(背中《せなか》の大きな袋《ふくろ》から出したのだと思うが、誰《だれ》もその場面を見た者はいなかった)、「メリークリスマス! まことの王に万歳《ばんさい》!」と叫《さけ》んで、鞭《むち》をひと振《ふ》りした。そして、そりが動き出したとみんなが気づいたときには、すでにサンタクロースの姿《すがた》もトナカイもそりもどこかへ見えなくなっていた。

ピーターが剣《けん》を鞘《さや》から抜《ぬ》いてミスター・ビーバーに見せているところへ、ミセス・ビーバーが声をかけた。

「さあ、さあ! そんなとこに突《つ》っ立《た》っておしゃべりしてると、お茶が冷《さ》めてしまいますよ。まったく、男の人は……。さ、手を貸《か》してくださいな。このトレーを下へ運んで、朝ごはんにしましょう。ああ、よかった、パン切りナイフを持ってきて」

みんなはふたたび急な斜面《しゃめん》を下りて洞穴《ほらあな》にもどり、ミスター・ビーバーがパンとハムをスライスしてサンドイッチを作り、ミセス・ビーバーがお茶を注《つ》いで、ちゃんとした朝食を口にすることができた。しかし、食事の余韻《よいん》をゆっくり楽しむ間もなく、ミスター・ビーバーがみんなに声をかけた。「さあ、出発だ」

## 11 アスラン、近づく

一方、エドマンドはひどい落胆《らくたん》を味わっていた。ドワーフがそりの準備《じゅんび》をしに行ったあと、エドマンドは女王がそろそろ前回のようにやさしくしてくれるのではないかと期待したが、女王はひとことも口をきいてくれなかった。とうとう、エドマンドは勇気《ゆうき》をふりしぼって女王に話しかけた。「女王陛下《へいか》、お願《ねが》いです、ターキッシュ・デライトをいただけませんか？　この前、陛下がおっしゃったように——」すると、女王は「黙《だま》れ、馬鹿者《ばかもの》！」とどなった。しかし、そのあとで考えを変《か》えたようで、ひとりごとのように「いや、途中《とちゅう》でこのガキが気絶《きぜつ》してもめんどうじゃな」とつぶやき、ふたたび手を打ち鳴らした。すると、さっきとは別《べつ》のドワーフがあらわれた。

「この人間めに食べ物と飲み物をくれてやれ」女王が言った。

ドワーフはどこかへ行き、まもなく水を入れた鉄のボウルとひからびたパンをのせた鉄の皿を持ってもどってきた。そして、いやらしい顔でにやにや笑《わら》いながらエドマンドのそばの床《ゆか》に水とパンを置《お》き、「王子様にターキッシュ・デライトをお持ちしました。ひっひっひっ！」と言った。

「下げてくれ！」エドマンドは不《ふ》きげんな顔を見せた。「ひからびたパンなんか、食べたくない」しかし、魔女《まじょ》がものすごい形相《ぎょうそう》でにらんだので、エドマンドは謝《あやま》り、パンをかじりはじめた。パンは堅《かた》すぎて飲みこむにも苦労《くろう》するような代物《しろもの》だった。

「そのうちに、そんなパンでもないよりましと思うようになるであろう」魔女が言った。

エドマンドがパンをかじっているあいだに最初《さいしょ》のドワーフがもどってきて、そりの準備《じゅんび》ができたと告《つ》げた。白い魔女は立ち上がり、エドマンドについてこいと命じて外に出た。中庭に出てみると、ふたたび雪が降《ふ》りはじめていたが、女王はまったく意に介《かい》することなくそりに乗りこみ、エドマンドを横にすわらせた。出発前に、女王は秘密警察隊長《ひみつけいさつたいちょう》のモーグリムを呼《よ》んだ。モーグリムは巨大《きょだい》な犬のように飛《と》びはねながら走ってきて、そりの横についた。

「手下のうちでいちばん足の速いオオカミを連《つ》れて、ビーバーの家を急襲《きゅうしゅう》せよ」魔《ま》女《じょ》が言った。「見つけたものは、かたっぱしから殺《ころ》せ。すでにもぬけの殻《から》だったら、全速力で〈石舞台《いしぶたい》〉へ向かえ。ただし、姿《すがた》を見られるでないぞ。そこで隠《かく》れて、わらわの到着《とうちゃく》を待て。わらわはここから何キロも西へさかのぼって、そりで川を渡《わた》れる場所を探《さが》さねばならぬが、おまえたちなら人間どもが〈石舞台〉に着く前に追いつけるかもしれぬ。やつらを見つけたらどうすればよいか、わかっておるな！」

「かしこまりました、女王様！」モーグリムはうなり声をあげ、全速で駆《か》ける馬のような勢《いきお》いで雪の降《ふ》りしきる暗闇《くらやみ》へ駆けだしていった。数分後、モーグリムはもう一匹《ぴき》のオオカミを伴《ともな》ってダムまで駆け下り、ビーバーの家を嗅《か》ぎまわっていた。しかし、もちろん家はもぬけの殻だった。その晩《ばん》、もしそのまま晴天が続《つづ》いていたら、ビーバーも子どもたちも恐《おそ》ろしいことになっていただろう。オオカミたちが一行《いっこう》のあとをたどることができたからだ。そんなことになれば、十中八九、一行は洞穴《ほらあな》にたどりつく前にオオカミに襲《おそ》われていたはずだ。しかし、雪がふたたび降《ふ》りはじめたおかげで一行《いっこう》の臭跡《しゅうせき》は消え、足跡《あしあと》も雪におおわれて見えなくなった。

魔女《まじょ》の館《やかた》では、ドワーフがトナカイに鞭《むち》を入れ、魔女とエドマンドを乗せたそりがアーチ門をくぐってまっ暗な寒い夜の中へ出ていった。コートを着ていないエドマンドにとっては、苛酷《かこく》な旅になった。一五分もいかないうちに、エドマンドは顔も腕《うで》も胸《むね》も足も雪まみれになった。払《はら》っても払ってもすぐに新しく雪をかぶってしまうので、じきに疲《つか》れて雪を払う元気もなくなってしまい、エドマンドは肌《はだ》までずぶ濡《ぬ》れになった。なんとみじめな気分だったことか！　もはや女王が自分を王にしてくれようとは思えなかった。女王は親切な善人《ぜんにん》で女王の側《がわ》こそが正義《せいぎ》なのだと信《しん》じこもうとしてこれまで自分に言い聞かせてきたことの何もかもが、いまは愚《おろ》かに思われた。いまとなっては、きょうだいに会えるなら――あのピーターでさえ――どんな犠牲《ぎせい》をはらってもいいと思った。ただひとつのなぐさめは、これがすべて悪夢《あくむ》であってそのうちきっと目がさめるだろうと思いこむことだった。そして、何時間も何時間も苛酷な旅が続《つづ》くうちに、ほんとうに何もかもが夢のように現実感《げんじつかん》を失《うしな》いはじめた。

みじめな旅は、何ページを費《つい》やしても書ききれないほど長く続《つづ》いた。しかし、ひとまず、雪がやみ、朝が来て、あたりが明るくなったところまで、時間を飛《と》ばすことにしよう。そりの旅は、まだまだ続いていた。耳に聞こえるのはそりが雪を蹴散《けち》らして走る音と、トナカイのハーネスがきしる音だけだった。しばらくして、魔女《まじょ》が声をあげた。「あれは何じゃ？ 止まれ！」そりが止まった。

どうか女王が朝ごはんのことを言ってくれますように、とエドマンドは祈《いの》った。けれども、女王が止まれと命じたのは、まったく別《べつ》の理由だった。少し先の木蔭《こかげ》で楽しそうなパーティーが開かれていたのだ。リスの夫婦《ふうふ》と子どもたち、サタイアが二人、ドワーフが一人、年取った雄《お》ギツネが一匹《ぴき》、テーブルを囲《かこ》んで丸椅子《まるいす》にすわっていた。何を食べているのか、エドマンドのところからはよく見えなかったが、とてもおいしそうなにおいがしていた。ヒイラギの飾《かざ》りつけらしいものが見え、プラム・プディング[1]のようなものもたしかに見えたような気がした。女王がそりを止めたとき、テーブルを囲んでいる者たちの中であきらかに年長者らしいキツネが立ち上がり、右手にグラスを持って、何か言おうとしているところだった。しかし、そりが止まり、乗っているのが誰《だれ》なのかを見た瞬間《しゅんかん》、全員の顔から楽しそうな表情《ひょうじょう》が消えた。リスの父親は食べ物をフォークで口へ運ぶ途中《とちゅう》で動きを止め、サタイアの一人はフォークを口に入れたまま凍《こお》りつき、リスの赤ちゃんは恐怖《きょうふ》の金切《かなき》り声《ごえ》をあげた。

「いったい何の真似《まね》じゃ？」魔女《まじょ》が口を開いた。誰も答えなかった。

「答えよ、虫けらどもめ！」魔女がふたたび口を開いた。「それとも、ドワーフに鞭《むち》で打たれぬと舌《した》が動かぬのか？　この大盤振《おおばんぶ》る舞《ま》いは何じゃ⁉　この贅沢《ぜいたく》は⁉　この自堕落《じだらく》は⁉　どこからこんなものを手に入れた？」

「おそれながら、陛下《へいか》」キツネが口を開いた。「もらったのでございます。お許《ゆる》しをいただけますれば、女王陛下のご健康《けんこう》を祈念《きねん》して乾杯《かんぱい》を――」

「誰にもらったのじゃ？」魔女が詰《つ》め寄《よ》った。

「サ、サ、サンタクロースです」キツネが口ごもりながら答えた。

「何じゃと？」魔女が大声をあげ、そりから飛《と》び下《お》りて、恐怖に凍りついている動物たちのほうへ歩《あゆ》み寄《よ》った。「そんなはずはない！　サンタクロースが来るはずがない！　よくも、そのような――まあ、よい。うそをついたと白状《はくじょう》せよ。そうすれば許《ゆる》してやらぬでもないぞ」

そのとき、リスの子どもが恐怖《きょうふ》にすっかり動転《どうてん》して、「来たんだもん！　来たんだもん！　来たんだもん！」と金切《かなき》り声《ごえ》で叫《さけ》びながら小さなスプーンでテーブルをたたいた。魔女《まじょ》がくちびるをかみしめ、白い頬《ほお》に血がしたたるのが、エドマンドのところから見えた。女王が魔法《まほう》の杖《つえ》を振《ふ》り上《あ》げた。「やめて！　やめてください！　お願《ねが》いです！」エドマンドは叫んだ。しかし、エドマンドの叫び声にかまわず魔女は魔法の杖を振り、その瞬間《しゅんかん》に愉快《ゆかい》なパーティーはテーブルを囲《かこ》む生き物たちの石像《せきぞう》に変《か》わった（一人はフォークを口へ運びかけたそのままの形で永遠《えいえん》に固《かた》まった）。石のテーブルの上には石のお皿が並《なら》び、石のプラム・プディングが残された。

「おまえは、これでも食《く》らえ」魔女はそりの座席《ざせき》にもどるついでにエドマンドの横《よこ》っ面《つら》に強烈《きょうれつ》な張《は》り手《て》を食らわした。「スパイや裏切《うらぎ》り者《もの》に対して情《なさ》けを乞《こ》う者は、こう

---

1　ドライフルーツやナッツや香辛料《こうしんりょう》を入れた濃厚《のうこう》な味のプディング（プリンとはまったく別のもの）で、イギリスの伝統的なクリスマスケーキ。

してくれる。おぼえておくがよい。そりを出せ！」この物語の中で初《はじ》めて、エドマンドは自分以外《いがい》の者に対してあわれみの感情《かんじょう》を抱《いだ》いた。あの小さな石の像《ぞう》に変《か》えられた者たちが、ああしてすわったまま沈黙《ちんもく》の日と暗黒の夜をくりかえし、年を重ねるごとに苔《こけ》むして顔がぼろぼろと朽《く》ちていくのかと思うと、哀《あわ》れでならなかった。

そりはふたたび快調《かいちょう》に走りだした。やがて、エドマンドは、そりがはねあげる雪が昨夜《さくや》よりずいぶん水気を含《ふく》んでいることに気づいた。同時に、寒さがそれまでほど厳《きび》しくなくなってきたことにも気がついた。霧《きり》も出はじめていた。実際《じっさい》、霧はどんどん濃《こ》くなり、気温はぐんぐん上がっていった。それに、そりがあまり滑《すべ》らなくなってきた。はじめ、エドマンドはトナカイたちが疲《つか》れたせいなのかと思っていたが、すぐにそうではないことがわかった。そりは止まりそうになったかと思うと急に動き、横滑りをくりかえし、石を踏《ふ》んだようにガタガタ揺《ゆ》れた。そして、ドワーフがどんなにトナカイを鞭打《むちう》っても、そりの速度はどんどん遅《おそ》くなっていった。それだけでなく、四方八方から何か不思議《ふしぎ》な音が聞こえるような気がしていたが、そりがガタガタ揺れる音とトナカイをどなりつけるドワーフの声がやかましくて、エドマンドには何の音なのかよく聞き取れなかった。そのうちに、そりがわだちに深くはまりこんで、とうとう二進《にっち》も三進《さっち》もいかなくなった。そのとき一瞬《いっしゅん》の沈黙《ちんもく》があり、エドマンドはさっきから気になっていた音をはっきりと聞くことができた。それは奇妙《きみょう》に心地《ここち》よい音で、やさしい衣《きぬ》ずれのように、あるいはかわいいおしゃべりのように聞こえた。いや、それほど耳慣《みみな》れない音ではないぞ……と、エドマンドは思った。前に聞いたことがある音だ……どこで聞いた音だったか、思い出せたらいいのに！　次の瞬間《しゅんかん》、記憶《きおく》が一気にもどった。それは流れる水の音だった。目には見えないものの、周囲《しゅうい》のあらゆるところで水の流れる音がしていた。せせらぎの音、さらさらと流れる音、泡立《あわだ》ちながら流れる音、しぶきをあげて流れる音、そして（遠いところで）ごうごうととどろく水の音まで聞こえた。氷に閉《と》ざされた冬が終わったと気づいた瞬間、エドマンドの心はときめいた（なぜだか本人にもわからなかったが）。そして、もっと近い場所でも、木の枝《えだ》という枝からポタポタと水の垂《た》れる音が聞こえていた。木々に目をやると、枝に厚《あつ》く降《ふ》りつもった雪が滑《すべ》り落《お》ちるところだった。ナルニアに来てはじめて、エドマンドはモミの木の深緑色を目にした。しかし、のんびりと水の音を聞いたり雪どけを眺《なが》めたりしている暇《ひま》はなかった。魔女《まじょ》の声が飛《と》んできたのだ。

「ぼんやりすわっておるでないわ、馬鹿者《ばかもの》！　下りて手伝《てつだ》え」

もちろん、エドマンドは魔女の言うとおりにするしかなかった。エドマンドはずぶずぶと雪（といっても、すでにとけかけた水分の多い雪）の中へ下りていき、ぬかるみにはまったそりを脱出《だっしゅつ》させようと四苦八苦《しくはっく》しているドワーフを手伝った。そりはようやくぬかるみから脱出でき、ドワーフがトナカイを鞭《むち》で残酷《ざんこく》に打ちすえてそりをふたたび出発させ、少しのあいだ、そりは進んだ。しかし、いまや雪は完全《かんぜん》にとけはじめており、あちらでもこちらでも緑の草地が顔を出していた。エドマンドのように長いあいだ雪の世界を見つづけていなかったら、はてしない白の世界をさまよったあげくにやっと見えてきた緑の地面がどれほど心を癒《いや》してくれるか、想像《そうぞう》すら難《むずか》しいかもしれない。ふたたび、そりが止まった。

「だめです、陛下《へいか》」ドワーフが言った。「これだけ雪がとけてきては、そりは使えません」

「それでは歩くしかなかろう」魔女が言った。

「歩いたのでは、連中《れんちゅう》にはぜったいに追いつけません」ドワーフが不平《ふへい》たらしく言った。「むこうのほうがはるか先に出発しておりますから」

「おまえはわらわの指南役《しなんやく》か、それとも奴隷《どれい》なのか？」魔女《まじょ》が言った。「言われたとおりにすればよいのじゃ。その人間めの両手を後ろに回して縛《しば》って、縄《なわ》の端《はし》をおまえが持て。鞭《むち》も忘れるな。それから、トナカイのハーネスを切ってやれ。トナカイたちは自分で館《やかた》へもどっていくだろう」

ドワーフは魔女の指図《さしず》に従《したが》い、数分後にはエドマンドは後《うし》ろ手《で》に縛られたかっこうでせきたてられながら歩いていた。エドマンドはとけかけた雪やぬかるみや濡《ぬ》れた草に足を滑《すべ》らせ、そのたびにドワーフにののしられ、ときには鞭が飛《と》んできた。魔女はドワーフの後ろを歩き、「もっとはやく！　もっとはやく！」とせきたてた。

刻一刻《こくいっこく》と緑の地面が大きくなっていき、雪におおわれた地面が小さくなっていった。木々が次々に雪の衣《ころも》を脱《ぬ》ぎすてていった。ほどなく、どっちを向いてももう白い雪におおわれた木はなくなり、深緑色をしたモミの木や葉を落としたオークやブナやニレの黒いごつごつした枝《えだ》が目につくようになった。霧《きり》が白から金色に変《か》わり、やがてすっかり晴れた。心地《ここち》よい光線がいくすじも森の地面にまでさしこみ、頭上を見上げれば木々のこずえのあいだに青空が広がっていた。

もっとすばらしいことが次々に起こりはじめていた。道を曲がった先にシラカバの生えた湿地《しっち》が開けていて、小さな黄色い花が地面をおおうように咲《さ》き乱《みだ》れていた——ヒメリュウキンカだ。水の音はどんどん大きくなった。実際《じっさい》、エドマンドたちはいま小川を渡《わた》るところだった。小川のむこうにはスノードロップの群生《ぐんせい》が見えた。

「よそ見をするな！」ふりかえって花を見たエドマンドをドワーフがどなりつけ、縄《なわ》をぐいと邪険《じゃけん》に引っぱった。

もちろん、そんなことをしたって、エドマンドの目に映《うつ》る景色《けしき》をさえぎることができるはずもない。ほんの五分ばかりあとには、古木の根方《ねかた》にクロッカスが白や紫《むらさき》やまぶき色の花を十数個《こ》も咲かせているのが見えた。やがて、水の音よりもっとうれしい音が聞こえてきた。エドマンドたちが歩いている小道のすぐ脇《わき》で、木の枝《えだ》にとまっていた小鳥が不意《ふい》にさえずったのだ。それに応《こた》えるように、もう少し離《はな》れたところで別《べつ》の小鳥がクックッと声を出した。すると、その合図を待っていたかのように、あちこちでチュンチュン、チーチーと小鳥のおしゃべりが始まり、やがてそれが大合《だいがっ》唱《しょう》になって、五分もしないうちに森は小鳥たちの歌で満《み》たされ、エドマンドの視線《しせん》の先で小鳥が飛《と》んできて枝にとまったり、頭上を飛びかったり、追いかけっこをしたり、小さな争《あらそ》いをしたり、くちばしで羽《は》づくろいをしたりしはじめた。

「もっとはやく！　もっとはやく！」魔女《まじょ》が声をあげた。

すでに霧《きり》はあとかたもなく晴れ、空はますます青くすみわたり、白い雲がすいすいと流れていった。林間の空《あ》き地《ち》にはサクラソウが咲《さ》き乱《みだ》れ、そよ風が木々の枝先《えださき》を揺《ゆ》らして雪どけのしずくを払《はら》い、エドマンドたちのもとへさわやかな香《かお》りを運んできた。木々はすっかりみずみずしさを取りもどした。カラマツとカバノキは緑の新芽《しんめ》を吹《ふ》き、キングサリは黄色い花をびっしりつけた。まもなくブナがすきとおるような繊細《せんさい》な葉を広げはじめた。木々の下を歩くエドマンドたちに緑の光が降《ふ》りそそいだ。三人の行く手をミツバチが横切った。

「これは雪どけではございません」とつぜん、ドワーフが足を止めて言った。「これは、まちがいなく春でございます。どういたしましょうか？　女王陛下《へいか》の冬は打《う》ち破《やぶ》られたようでございますよ！　これはアスランのしわざです」

「おまえたちのどちらかでも、その名をもう一度口にしてみよ、即座《そくざ》に息の根を止めてやる」魔女《まじょ》が言った。

## 12　ピーターの緒戦《しょせん》

　ドワーフと白い魔女《まじょ》がこんなやりとりをしている一方で、何キロもはなれた地点ではビーバー夫妻《ふさい》と子どもたちが夢《ゆめ》の世界へ足を踏《ふ》み入《い》れていくようなうっとりした心もちで何時間も歩きつづけていた。毛皮のコートは、とうのむかしに脱《ぬ》ぎ捨《す》ててしまった。いまではもう「見て！　カワセミよ！」とか「あ、ブルーベルだわ！」とか「あのいい香《かお》りは何だろう？」とか「聞いて！　ツグミの声よ！」などと言いかわす言葉さえも尽《つ》きて、ただひたすら周囲《しゅうい》の変化《へんか》に見とれながら、あたたかい日だまりを抜《ぬ》けて涼《すず》しい緑の木蔭《こかげ》にはいり、かと思うとふたたび苔《こけ》むした空《あ》き地《ち》に出て頭上はるかに緑の枝葉《えだは》を広げるニレの木を見上げ、花ざかりのスグリのしげみに分け入り、くらくらしそうに甘《あま》い香りをただよわせるサンザシのあいだを抜けて歩きつづけるのだった。

わずか数時間のあいだに冬が消え去り、森全体が一月から五月へと移《うつ》り変《か》わるようすを目の当《ま》たり《あ》にして、エドマンドと同じようにピーターたちも驚《おどろ》いていた。こうした変化《へんか》はアスランがナルニア国へやってきたことによって起こっていたのだが、ピーターたちはそのことをはっきり認識《にんしき》してはいなかった（魔女《まじょ》は知っていた）。それでも、ナルニアに終わりのない冬をもたらしていたのが魔女の呪《のろ》いであることは誰《だれ》もが知っていたので、魔法《まほう》のような春が訪《おとず》れたとき、魔女のたくらみがどこかで大きくほころびだしたことは明らかだった。雪どけがはじまってしばらくたったころ、この状況《じょうきょう》では魔女はもはやそりを使えないだろうと判断《はんだん》できたので、ピーターたちはそれまでのように急ぐのをやめ、何度もたっぷり休憩《きゅうけい》を取りながら進んだ。もちろん、いまでは全員がかなり疲《つか》れていた。でも、それは疲労困憊《ひろうこんぱい》と呼《よ》ぶような疲れかたではなく、戸外《こがい》で過《す》ごした長い一日が終わろうとしているときのけだるく夢見心地《ゆめみごこち》で心おだやかな疲労感だった。スーザンは片方《かたほう》のかかとに小さなまめをこしらえていた。

しばらく前に、一行《いっこう》は大きな川にそって進むルートをはずれていた。〈石舞台《いしぶたい》〉へ行くには、少し右（つまり南）の方角へ進む必要《ひつよう》があったからだ。仮《かり》に目的地《もくてきち》がそちらの方角でなかったとしても、雪どけが始まったいま、川すじにそって谷底《たにぞこ》を歩くのは無理《むり》だった。とけた雪が川に流れこめば、じきに黄色く濁《にご》った水が豪快《ごうかい》な水音をとどろかせて流れ下る洪水《こうずい》が始まり、川ぞいのルートは水に沈《しず》んでしまうだろう。

太陽が西に傾《かたむ》き、光が赤味《あかみ》をおびて、影《かげ》が長くなり、花たちは花びらを閉《と》じようとしていた。

「あと少しですよ」ミスター・ビーバーがみんなに声をかけて、ふわふわの深いコケ（疲《つか》れた足には心地《ここち》よかった）におおわれた丘《おか》を登りはじめた。あたりは背《せ》の高い木がまばらに生えているだけになった。長い一日の最後《さいご》に急な登りだったので、みんなハアハアと息を切らしながら登った。もう一度たっぷり休憩《きゅうけい》をはさまないと登りきれないんじゃないかとルーシーが思いはじめたそのとき、ようやく一行は斜面《しゃめん》を登りきった。頂上《ちょうじょう》には、こんな風景《ふうけい》が広がっていた。

斜面を登りきったところは広く開けた緑の草地で、そこから下はどちらへ目を向けても見わたすかぎり森が広がっていた。ただし、真正面の方角だけは眺《なが》めがちがって、はるか東のほうに何かきらきら光って動いているものが見えた。「見て！　海だ！」ピーターがスーザンに小声で言った。草地の中央に〈石舞台《いしぶたい》〉があった。それは灰色《はいいろ》をした気味の悪い巨大《きょだい》な石の板で、垂直《すいちょく》に立った四つの石が下から大きな石の板を支《ささ》えていた。〈石舞台〉はものすごく古いものらしく、いたるところに奇妙《きみょう》な線や図形が刻《きざ》んであった。見たことのない文字のようでもあったが、眺めていると奇妙な気分がしてきた。次に目についたのは、空《あ》き地《ち》の片《かた》すみに張《は》られた大きなテントだった。それはすばらしいテントで、沈みかかった夕陽《ゆうひ》にとりわけ美しく照《て》り映《は》えていた。テントの側面《そくめん》は黄色い絹地《きぬじ》、ロープは深紅《しんく》で、象牙《ぞうげ》のペグが地面に打ちこんであった。テントの上には高々と軍旗《ぐんき》がひるがえり、後ろ足で立ち上がった赤いライオンの紋《もん》章《しょう》が遠くの海から吹《ふ》きつける風にはためいていた。顔に風を受けながらピーターたちがその風景《ふうけい》を眺めていると、右手のほうから音楽が聞こえてきた。そちらへ目を転じると、探《さが》し求《もと》めてきたライオンの姿《すがた》があった。

生き物たちが半月形に整列した中央にアスランが立っていた。生き物たちのなかには木の精《せい》や泉《いずみ》の精《せい》（わたしたちの世界ではドリュアスやナイアスと呼《よ》ばれている女性《じょせい》の精霊《せいれい》たち）がいて、弦楽器《げんがっき》を手にしていた。音楽はそこから聞こえてくるのだった。堂々《どうどう》たる姿《すがた》のケンタウロスも四頭いた。ケンタウロスの馬の部分はイギリスの農耕馬《のうこうば》のようにがっしりと大きく、人間の部分は厳《いか》めしいが美しい巨人《きょじん》のようだった。ユニコーンもいた。人間の頭を持つ雄牛《おうし》もいたし、ペリカンやワシや大きな犬もいた。アスランのすぐ脇《わき》には二頭のヒョウが控《ひか》えていて、一頭はアスランの王冠《おうかん》を持ち、もう一頭は王旗《おうき》を持っていた。

ようやくアスランに会えたのに、ビーバー夫妻《ふさい》も子どもたちも、どうすればいいのか何を言えばいいのかわからず、ただ呆然《ぼうぜん》としていた。ナルニアに来たことのない人は、善《ぜん》であって同時に恐怖《きょうふ》の対象《たいしょう》でもあるような存在《そんざい》など想像《そうぞう》できないかもしれない。三人の子どもたちもかつてはそうだったのだろうが、いまはそんな先入観《せんにゅうかん》はどこかへ吹き飛《ふと》んでしまった。子どもたちはアスランの顔を見ようとしたが、金色のたてがみと大きく気高《けだか》く厳めしく圧倒的《あっとうてき》な力を持つ目をほんの一瞬《いっしゅん》だけ見ることしかできなかった。それ以上《いじょう》にアスランを正面から見ることなどとても無理《むり》で、三人と

YOUCHAN

もぶるぶる震《ふる》えるばかりだった。

「前へお出なさい」ミスター・ビーバーがささやいた。

「いや、そちらからお先にどうぞ」ピーターがささやいた。

「いいえ、アダムの息子《むすこ》が動物より先です」ミスター・ビーバーが小声で返した。

「スーザン」ピーターがささやいた。「先にどう？ レディ・ファーストで」

「いやよ、あんたがいちばん年上でしょ」スーザンが小声で言い返した。そんなことを続《つづ》けているうちに、ますますその場の空気が気まずくなってきた。とうとう、ピーターがここは自分がやるしかないと覚悟《かくご》した。ピーターは剣《けん》を抜《ぬ》いて顔の前で立てる捧《ささ》げ刀《とう》の礼をおこない、早口でみんなに「ついてきて。みんな近くにいてよ」と言い、ライオンの前へ進み出て、「参上《さんじょう》いたしました、アスラン」と言った。

「よく来た、ピーター、アダムの息子よ」アスランが言った。「よく来た、スーザン、ルーシー、イヴの娘《むすめ》たちよ。よく来た、ビーバー夫妻《ふさい》」

アスランの声は深く豊《ゆた》かな響《ひび》きで、その声を聞いたとたん、子どもたちもビーバー夫妻も心が落ち着いた。みんな満《み》ちたりた穏《おだ》やかな気もちになり、その場に立ったまま何も言わなくても気まずい心地《ここち》はしなかった。

「四人目はどこにいるのか？」アスランが聞いた。

「おお、アスラン、その少年はここにいる三人を裏切《うらぎ》って白い魔女《まじょ》の側《がわ》につきました」ミスター・ビーバーが言った。それを聞いたピーターが思わず口を開き、「アスラン、それはぼくにも責任《せきにん》があるんです。ぼくがエドマンドにきつく当たったせいで、エドマンドがまちがった方向へ行ったんだと思います」と言った。

アスランは、ピーターを許《ゆる》す言葉も責《せ》める言葉も発せず、ただそこに立ったまま、堂々《どうどう》たるゆるぎない眼差《まなざ》しでピーターを見つめていた。誰《だれ》もがみな、言葉は必要《ひつよう》ないという気もちだった。

「お願《ねが》いです、アスラン」ルーシーが口を開いた。「エドマンドを助けるために、何かできないでしょうか？」

「あらゆる手を打とう」アスランが言った。「しかし、あなたがたが思うより難《むずか》しいかもしれない」そのあと、またしばらく、アスランは何も言わなかった。それまで、ルーシーはアスランの表情《ひょうじょう》をとても高貴《こうき》で力強く穏《おだ》やかだと感じていたが、そのときのアスランの顔には悲しげなかげりが見えた。しかし、すぐにそんな表情《ひょうじょう》は消えた。アスランはたてがみをひと振《ふ》りし、両の前足を打ちあわせて(「恐《おそ》ろしい足だわ、もし爪が出ていたら」とルーシーは思った)、「とりあえず、宴《うたげ》のしたくをしよう。女性《じょせい》のみなさん、こちらのイヴの娘《むすめ》たちをテントに案内《あんない》して、お世話をするように」と言った。

スーザンとルーシーが行ってしまったあと、アスランは片方《かたほう》の前足(肉球は柔《やわ》らかだが、とても重かった)をピーターの肩《かた》にかけて、言った。「来なさい、アダムの息子《むすこ》よ。あなたが王となるべき城《しろ》の遠景《えんけい》を見せよう」

ピーターは抜《ぬ》き身《み》の剣《けん》を手に持ったまま、アスランとともに丘《おか》の東の端《はし》まで歩いていった。そこからの眺《なが》めはすばらしかった。太陽が二人の後方へ沈《しず》みつつあったので、眼下《がんか》に広がるナルニア国全体が森も丘も谷も夕陽《ゆうひ》に照《て》り映《は》え、その中をうねって流れていく大きな川が銀色のヘビのように輝《かがや》いて見えた。そして、それらすべてのむこう、何キロも先のほうに、海が見えた。海のかなたに空が広がり、群雲《むらくも》が沈む夕陽を受けてバラ色に染《そ》まっていた。ナルニアの国土がちょうど海と出会うところ——大きな川の河口《かこう》にあたる場所——に小さな丘《おか》があり、きらきらと輝《かがや》くものが見えた。輝いて見えたのは城《しろ》で、西日を受けた窓《まど》という窓に光が反射《はんしゃ》していたせいなのだが、ピーターの目には海辺《うみべ》に大きな星が降《お》りたように見えた。

「見るがよい」アスランが言った。「あれが四つの王座《おうざ》を持つケア・パラヴェルだ。その王座のひとつに、あなたは王として就《つ》くことになる。いまあの城を見せているのは、あなたが最初《さいしょ》に生まれた子であり、ほかの王たちを統《す》べる上級王となるからである」

ピーターは言葉を発しなかった。というのは、そのとき、とつぜん不思議《ふしぎ》な音が沈《ちん》黙《もく》を破《やぶ》ったからだ。それはらっぱの音に似《に》ていたが、もっと豊《ゆた》かな響《ひび》きをもった音だった。

「あなたの妹の角笛《つのぶえ》だ」アスランがピーターに低《ひく》い声で言った。それは、ほとんどネコがゴロゴロとのどを鳴らすような声に聞こえた（「ネコのようにのどを鳴らす」という表現《ひょうげん》がライオンに対して失礼《しつれい》でなければの話だが）。

一瞬《いっしゅん》、ピーターは事態《じたい》が理解《りかい》できなかった。だが、ほかの生き物たちが走りはじめ、アスランが前足を振《ふ》って「下がれ！　この子に初手柄《はつてがら》を立てさせよ」という声が聞こえた瞬間《しゅんかん》、ピーターは理解《りかい》して全速力でテントに向かって走りはじめた。そこでは恐《おそ》ろしいことが起こっていた。

ナイアスやドリュアスが散《ち》り散《ぢ》りに逃げまどい、ルーシーも真《ま》っ青《さお》な顔をして短い足が回るかぎりの全力疾走《しっそう》でピーターのほうへ逃《に》げてくるところだった。見ると、スーザンが木に駆《か》け寄《よ》り、枝《えだ》にとりついてよじのぼろうとしていた。すぐ後ろに灰色《はいいろ》の大きなけものが迫《せま》っている。最初《さいしょ》、ピーターはそれを見てクマだろうと思った。次にシェパードに似《に》ていると思ったが、そのけものは犬よりはるかに大きかった。そのうちにやっと、ピーターはそれがオオカミだと気づいた——オオカミが後ろ足で立ち上がって前足を木の幹《みき》にかけ、牙《きば》をむいてかみつこうとしているのだ。背中《せなか》の毛が逆立《さかだ》っているのが見えた。スーザンは下から二番目の大枝につかまったまま、それより上にのぼれずにいた。片方《かたほう》の足が枝から垂《た》れて、オオカミの牙までほんの数センチしかない。どうしてもっと上にのぼらないのだろう、せめてもっとちゃんと木にしがみつけばいいのに、とピーターは思った。が、次の瞬間、スーザンが気絶寸前《きぜつすんぜん》なのだと気づいた。気絶《きぜつ》すれば、木から落ちてしまう。

ピーターは腕《うで》に自信《じしん》などなかったし、恐怖《きょうふ》で吐《は》きそうだったが、それでも行くしかなかった。ピーターは怪物《かいぶつ》に向かって突進《とっしん》し、横腹《よこばら》めがけて斬《き》りつけた。しかし、その一撃《いちげき》はオオカミには届《とど》かなかった。オオカミはさっとふりむき、燃《も》えあがる目でピーターをにらみ、口を大きく開けて怒《いか》りの咆哮《ほうこう》を発した。怒りにまかせて吼《ほ》えるような無駄《むだ》をしなければ、オオカミは即座《そくざ》にピーターののどぶえを噛《か》み切《き》っていただろう。しかし、その咆哮がすべてを変《か》えた。一瞬《いっしゅん》のできごとで考えるいとまもなかったが、ピーターは腰《こし》を落とし、下から満身《まんしん》の力をこめてオオカミの前足のあいだ、すなわち心臓《しんぞう》を狙《ねら》って剣《けん》を突《つ》き上《あ》げた。そのあとは悪夢《あくむ》のような恐《おそ》ろしく混乱《こんらん》した数秒間があった。剣は持っていかれそうになるし、オオカミは生きているのか死んだのかわからないまま、むきだした牙《きば》がピーターの額《ひたい》に当たり、何もかもが血と体温と獣《じゅう》毛《もう》にまみれた。次の瞬間《しゅんかん》、見ると怪物は死んで地面に横たわっていた。ピーターは剣を引《ひ》き抜《ぬ》き、からだを起こして、目に流れ落ちる汗《あせ》をぬぐった。全身がぐったり疲《つか》れていた。

YOUCHAN

　まもなくしてスーザンが木から下りてきた。スーザンもピーターも顔を見合わせたままわなわなと震《ふる》えが止まらず、二人はキスをかわして涙《なみだ》を流した。そういうことをしても、ナルニアでは馬鹿《ばか》にする者はいない。

「急げ！　はやく！」アスランの大きな声がした。「ケンタウロスよ！　ワシよ！　もう一匹《ぴき》オオカミがいる。やぶの中だ。そこだ、みんなの後ろだ。いま逃《に》げていったばかりだ。あとを追え。オオカミは女主人のもとへ行くにちがいない。魔女《まじょ》を見つけて四番目のアダムの息子《むすこ》を救出《きゅうしゅつ》するチャンスだ」またたく間に、ひづめの音が地にとどろき、翼《つばさ》のはばたきが空に満《み》ちて、足のもっとも速い生き物たち十数頭が深まる夕闇《ゆうやみ》の中へ消えていった。

　まだ息を切らしているピーターがふりかえると、すぐそばにアスランがいた。

「剣《けん》を拭《ぬぐ》うのを忘《わす》れているぞ」アスランが言った。

　そのとおりだった。ピーターはまばゆい刃《やいば》がオオカミの毛や血で汚《よご》れたままになっているのを見て顔を赤らめ、しゃがんで草で剣をきれいに拭い、上着で剣を拭《ふ》きあげた。

「剣《けん》をよこしなさい。そして、ひざまずきなさい」アスランが言った。ピーターが指《し》示《じ》に従《したが》うと、アスランはピーターの肩《かた》を剣の平《ひら》で打ち、こう言った。「立つがよい、騎《き》士《し》ピーター、オオカミをたいらげし者よ。何があろうとも、剣を拭《ぬぐ》うことを忘《わす》れてはならぬ」

# 13　いにしえの魔法《まほう》

　さて、話をエドマンドにもどそう。エドマンドをせきたてて人間がとうてい歩けるとは思えないほど長い距離《きょり》を歩かせたあと、魔女《まじょ》はモミの木とイチイの木が暗い影《かげ》を落とす谷間まで来てようやく足を止めた。エドマンドはその場に崩《くず》れ落《お》ちて地面につっぷしてしまい、そのまま寝《ね》かせておいてもらえるなら先がどうなろうとかまわないと思った。あまりにも疲《つか》れすぎて、空腹《くうふく》ものどのかわきも忘《わす》れていた。魔女とドワーフは、エドマンドのすぐそばで声を低《ひく》くして話をしていた。

「いいえ」ドワーフが言った。「もう手遅《ておく》れです、女王様。むこうはいまごろ〈石舞台《いしぶたい》〉に着いているはずです」

「おそらくオオカミどもがわれらの居場所《いばしょ》を嗅《か》ぎあてて、知らせをもたらすであろう」魔女《まじょ》が言った。

「だとしたら、良《よ》い知らせではありませんでしょうな」ドワーフが言った。

「ケア・パラヴェルには王座が四つある」魔女が言った。「そのうち三つだけに王が就《つ》いたら、どうなる？　それでは予言が成就《じょうじゅ》せぬであろう」

「そのことに何のちがいがありましょう？　あやつがすでにここにいる以上《いじょう》……」

ドワーフは、いまとなってもまだ、女主人の前でアスランの名を口にするのをはばかった。

「そう長くは居《い》すわるまい。いなくなったあとで、ケア・パラヴェルの三人を始末《しまつ》すればよいこと」

「それでも、こいつを」（と言ってドワーフはエドマンドを蹴《け》った）「生かしておくほうが得策《とくさく》かもしれません。取り引きの材料《ざいりょう》として」

「ふん。やつらに取り返されるのが関《せき》の山《やま》じゃ」女王はドワーフを見下した口調で言った。

「でしたらば、やるべきことをさっさとやってしまったほうがよろしいかと」ドワーフが言った。

「できることなら〈石舞台《いしぶたい》〉でやりたかったものじゃ」魔女《まじょ》が言った。「〈石舞台〉こそ、ふさわしき場所。これまでいつもあの場所でやったものであった」

「〈石舞台〉がふたたびふさわしい目的《もくてき》に使えるようになるのは、長い先のことでしょう」ドワーフが言った。

「そうじゃの」魔女が同意した。「よし、それでは始めよう」

ちょうどそのとき、一匹《ぴき》のオオカミがうなり声をあげながら、すごい勢《いきお》いで走ってきた。

「見ました！　連中《れんちゅう》は全員〈石舞台〉に集まっております。あやつめも。モーグリム隊長《たいちょう》が殺《ころ》されました。オレはやぶの中に隠《かく》れていて、ぜんぶ見ました。アダムの息子《むすこ》の一人が隊長を殺したんです。逃《に》げてください！　逃げてください！」

「いや、逃げる必要《ひつよう》はない」魔女が言った。「すぐに行け。わが軍勢《ぐんぜい》を全員この場所へ呼《よ》び集《あつ》めるのじゃ。一刻《いっこく》の猶予《ゆうよ》もならぬ。巨人《きょじん》を呼べ。人狼《じんろう》と、わが配下にある木の精霊《せいれい》どもを呼べ。食屍鬼《しょくしき》[1]を、怨霊《おんりょう》を、人食《ひとく》い鬼《おに》を、ミノタウロス[2]を呼べ。悪鬼《あっき》を、鬼婆《おにばば》を、物《もの》の怪《け》を、毒《どく》キノコの精《せい》を呼《よ》び集《あつ》めよ。戦《たたか》うのだ。恐《おそ》れるな。わらわには魔法《まほう》の杖《つえ》があるではないか。連中《れんちゅう》など、攻《せ》めてくる前に片《かた》っ端《ぱし》から石に変《か》えてくれるわ。すぐに行け、わらわはここで済《す》まさねばならぬことがある」

オオカミは頭を下げ、くるりと向きを変えて走り去った。

「さて！」魔女《まじょ》が言った。「台がないから——どうするか。木の幹《みき》にはりつけるのがよかろう」

エドマンドは乱暴《らんぼう》に引きおこされ、立たされた。ドワーフは背中《せなか》を木につけた形でエドマンドを立たせ、木にきつく縛《しば》りつけた。魔女がマントを脱《ぬ》ぐのが見えた。マントの下の衣装《いしょう》は袖《そで》なしで、むきだしの腕《うで》がおそろしく白かった。あまり白いので魔女の腕だけは見えたが、それ以外《いがい》はほとんど何も見えなかった。黒々とした木々に閉《と》ざされた渓谷《けいこく》は、深い闇《やみ》に沈《しず》んでいた。

「いけにえの準備《じゅんび》をせよ」魔女が言った。ドワーフはエドマンドの襟《えり》のボタンをはずして後ろへ折《お》り返《かえ》し、シャツの胸《むな》もとをはだけた。そしてエドマンドの髪《かみ》をつかみ、頭を後ろへ倒《たお》してあごを上げさせた。そのあと、エドマンドの耳にシャッ、シャッ、

YOUCHAN

シャッ、シャッ、という聞き慣《き な》れない音が聞こえてきた。それが何の音なのか、少し遅《おく》れてエドマンドは気づいた。それはナイフを研《と》ぐ音だった。

ちょうどそのとき、四方八方から大きな叫び声《さけ ごえ》が聞こえてきた。ひづめが地面を蹴《け》る音。翼《つばさ》のはばたく音。そして、魔女《まじょ》の絶叫《ぜっきょう》。何もかもが混乱《こんらん》に包《つつ》まれ、気がついたらエドマンドの縄《なわ》が解《と》かれるところだった。エドマンドは力強い腕に抱《だ》き取《と》られ、大きなやさしい声を聞いた。

「横に寝《ね》かせて。ワインを飲《ね》ませろ。さ、これを飲んで。しっかりして。もうだいじょうぶだからな」

そのあともいろいろな声が聞こえたが、それはエドマンドに話しかける声ではなく、仲間《なかま》どうしの会話だった。「誰《だれ》か、魔女をつかまえたか?」「おまえがつかまえたんじゃないのか?」「いや、握《にぎ》ってたナイフをたたきおとしたあと、姿《すがた》を見ていない。おれはドワーフをつかまえようとしてたから。なに、魔女が逃げたって?」「あれもこれもいっぺんには無理《むり》だよ――ありゃ何だ? あ、悪い、ただの古い切り株《き かぶ》だった!」そこまで聞いたあと、エドマンドは気絶《きぜつ》した。

まもなく、ケンタウロスとユニコーンとシカと鳥たち（前の章でアスランがエドマンド救出《きゅうしゅつ》に向かわせた部隊《ぶたい》）は、エドマンドを連《つ》れて〈石舞台《いしぶたい》〉への道を引き返していった。しかし、救出部隊が立ち去ったあとに谷間で起こったことを見た者がいたとしたら、さぞ驚《おどろ》いたことだろう。

谷は完全《かんぜん》に静《しず》けさをとりもどし、月が明るく照《て》らしていた。月の光は古い切り株と大きな丸石にも降《ふ》りそそいでいた。ただし、そのまま眺《なが》めていたならば、切り株も丸石も妙《みょう》に不自然《ふしぜん》に見えることに気づいたはずだ。しばらくすると、切り株がどう見ても太った小さな人間がしゃがみこんでいるように見えだした。そのうちに、切り株がのそのそと丸石のところまで歩いていき、丸石が上半身を起こして切り株に話しかけた。じつは、切り株と丸石は魔女《まじょ》とドワーフだったのである。変身《へんしん》の術《じゅつ》は魔女の得意《とくい》とするところで、手にしていたナイフをたたきおとされた瞬間《しゅんかん》、魔女はとっ

1　墓《はか》をあばいて死体を食う悪霊《あくりょう》。
2　ギリシア神話に登場する牛頭人身《ぎゅうとうじんしん》の怪物《かいぶつ》。

さに魔法《まほう》を使って身を隠《かく》したのである。魔法の杖《つえ》は放さなかったので、それも無事《ぶじ》だった。

翌朝《よくあさ》、目をさましたピーターたちは（夜はテントの中でクッションを重ねて眠《ねむ》った）、朝一番でミセス・ビーバーからエドマンドが昨晩遅《さくばんおそ》くに救出《きゅうしゅつ》されて野営地《やえいち》へ運ばれてきたこと、そしていまはアスランといっしょにいることを聞いた。朝食を終えてテントの外へ出てみると、アスランとエドマンドが他の者たちから離《はな》れて二人きりで露《つゆ》のおりた草原を歩いているのが見えた。アスランが何を話したかをここに書く必要《ひつよう》はないし、誰《だれ》も聞いた者はいなかったが、それはエドマンドが終生忘《しゅうせいわす》れることのない会話だった。ピーターたちが近づいていくと、アスランはエドマンドを伴《ともな》ってみんなのほうへやってきた。

「あなたがたのきょうだいだ」アスランが言った。「過《す》ぎたことを話す必要はない」

エドマンドはきょうだい一人ひとりと握手《あくしゅ》をかわし、「ごめんね」とくりかえした。みんなは「いいんだよ」と答えた。そのあと、四人とも自分たちがもとどおり仲良《なかよ》しになったことがはっきりわかるような言葉――あたりまえで自然《しぜん》な言葉――を何か口にしようと懸命《けんめい》に考えたのだが、誰《だれ》ひとり言うべき言葉を思いつかなかった。しかし、その場の空気が気まずくなる前に、一頭のヒョウがアスランに近づいてきて言った。

「アスラン、敵《てき》より使者がまいりまして、謁見《えっけん》を求《もと》めております」

「通しなさい」アスランが言った。

ヒョウはいったん下がり、すぐに魔女《まじょ》の手下のドワーフを伴《ともな》ってもどってきた。

「使者の口上《こうじょう》は何か、地の息子《むすこ》よ?」アスランが言った。

「ナルニアの女王にして離《はな》れ島諸島《じましょとう》の女帝《じょてい》であらせられるジェイディス陛下《へいか》は、陛下とアスラン閣下《かっか》の双方《そうほう》にとっておおいに有益《ゆうえき》なる案件《あんけん》について二者で会談するため、安全通行権《つうこうけん》をお望《のぞ》みでおられます」ドワーフは言った。

「ナルニアの女王だとさ!　よくもまあ、ぬけぬけと——」ミスター・ビーバーが言った。

「黙《だま》りなさい、ビーバー」アスランが制《せい》した。「すべての称号《しょうごう》は、遠からずして、しかるべき持ち主にもどることになろう。それまでは、とがめだてる益《えき》もない。地の息子よ、主人に伝《つた》えるがよい、あのオークの大木のもとに魔法《まほう》の杖《つえ》を置《お》いてくるのであれば、安全な通行を保証《ほしょう》しよう」

その条件《じょうけん》で合意が成立《せいりつ》したので、二頭のヒョウがドワーフに同行して約束《やくそく》が正しく守られるかどうか確《たし》かめることになった。「でも、もし魔女《まじょ》があのヒョウたちを石に変《か》えちゃったらどうするの？」ルーシーが小声でピーターに聞いた。おそらく、ヒョウ自身も同じ不安を抱《いだ》いていたことだろうと思う。いずれにしても、ドワーフについて歩いていく二頭のヒョウたちは背中《せなか》の毛を逆立《さかだ》て、しっぽも見知らぬ犬に行きあったときのネコのように毛を逆立てて太く見せていた。

「だいじょうぶだよ」ピーターが小声で返事をした。「もしだいじょうぶでなかったら、アスランが行かせるはずないもの」

数分後、魔女みずからが丘《おか》の頂上《ちょうじょう》に姿《すがた》をあらわし、まっすぐ進んできてアスランの前に立った。それまで魔女を見たことがなかった三人の子どもたちは、魔女の顔を見たとたん、背《せ》すじがぞっとした。いならぶ動物たちからも、低《ひく》いうなり声がもれた。太陽がさんさんと照《て》っていたにもかかわらず、全員がにわかに寒気をおぼえた。その中で、いささかも緊張《きんちょう》を感じさせないのは、当のアスランと魔女だけだった。

アスランの金色に輝《かがや》く顔と魔女《まじょ》の死人のように白い顔が並《なら》んでいる光景《こうけい》は、なんとも奇妙《きみょう》な眺《なが》めだった。ただし、魔女はアスランの目をまっすぐ見ることはしなかった。ミセス・ビーバーは目ざとくそのことに気づいた。

「そこに裏切《うらぎ》り者《もの》がおるではないか、アスラン」魔女が口を開いた。もちろん、魔女がエドマンドのことを言っているのは、その場にいた全員がわかっていた。しかし、エドマンドは、それまでにさんざん恐《おそ》ろしい思いを経験《けいけん》し、またその日の朝アスランとじっくり話をしたおかげで、もはや自分の命運には動じなくなっていた。エドマンドはただアスランを見つめていた。魔女が何と言おうと気にならないようすだった。

「そうかな」アスランが言った。「この者はあなたに対して罪《つみ》を働《はたら》いたわけではない」

「〈いにしえの魔法《まほう》〉を忘《わす》れたのか？」魔女が言った。

「どうかな。忘れてしまったかもしれない」アスランがまじめくさった顔で言った。「その〈いにしえの魔法〉とやらについて、教えてもらおうか」

「教えるだと？」魔女の声がにわかにヒステリックになった。「すぐそこにある〈石《いし》舞台《ぶたい》〉に刻《きざ》んである文言《もんごん》を説明《せつめい》せよと言うのか？　〈秘密《ひみつ》の丘《おか》〉の火打ち石に槍《やり》よりも深く刻まれた文言を説明せよと言うのか？　大海原《おおうなばら》のかなたの大帝《たいてい》が持つ王笏《おうしゃく》に刻まれておる文言を説明せよと言うのか？　ナルニアの誕生《たんじょう》に際《さい》して大帝が配した魔法《まほう》のことわりは、承知《しょうち》しておろう。裏切《うらぎ》り者《もの》はことごとくわらわの手に落ち、わらわの正当なるえじきとなるのであり、すべての裏切り者に対してわらわがその命を奪《うば》う権利《けんり》を握《にぎ》っておるのじゃ」

「ほう」ミスター・ビーバーが口をはさんだ。「それで、あんたは自分が女王だなんて思いこんでるんだな――大帝の死刑執行人《しけいしっこうにん》を請《う》け負《お》ってるから。なるほど」

「黙《だま》りなさい、ビーバー」アスランが威嚇《いかく》するような低《ひく》い声で言った。

「したがって、そこにおる人間はわらわのものじゃ」女王が続《つづ》けた。「そいつの命はわらわの手に落ちたのじゃ。そいつの血は、わらわのものじゃ」

「そんなら、取りに来るがいい」人間の頭をした雄牛《おうし》がほえるような大声で言った。

「愚《おろ》か者《もの》め」魔女《まじょ》は残忍《ざんにん》な笑《わら》いをうかべて吐《は》き捨《す》てた。「おまえの主人が力ずくでわらわの正当なる権利を奪い取れるなどと本気で考えておるのか？　おまえの主人は

〈いにしえの魔法《まほう》〉を知らぬほどの愚《おろ》か者《もの》ではない。わらわが法《ほう》の定めによって血のいけにえを手にせぬかぎり、ナルニア全土がくつがえり、火と水のうちに滅亡《めつぼう》するであろうことぐらい、承知《しょうち》のはずじゃ」

「そのとおりだ」アスランが言った。「それは否定《ひてい》しない」

「おお、アスラン！」スーザンがアスランの耳にささやいた。「そんな――うそでしょう？　その〈いにしえの魔法〉について、何か打つ手はないのですか？　〈いにしえの魔法〉を打《う》ち砕《くだ》く方法《ほうほう》はないのですか？」

「大帝《たいてい》の魔法を打ち砕く、と？」アスランがスーザンに向かって恐《おそ》ろしい表情《ひょうじょう》を見せた。それを見て、誰《だれ》も二度とそんな提案《ていあん》をしようとはしなかった。

エドマンドはアスランの反対側《はんたいがわ》に立って、ずっとアスランの顔を見つめていた。息が詰《つ》まりそうに苦しくて、自分が何か言うべきなのだろうかとも考えた。しかし、すぐに、自分にはなりゆきを見守ることしかできないのだ、そして言われたように動く

3　王権《おうけん》の象徴《しょうちょう》として王が手に持つ杖《つえ》のこと。

しかないのだ、と悟《さと》った。

「みんな、下がってくれ」アスランが言った。「この者と二人きりで話をしたい」

全員がアスランの言葉に従《したが》った。不安《ふあん》の中で待つ時間は、とてつもなく長くてつらいものだった。アスランと魔女《まじょ》は低《ひく》い声で熱心《ねっしん》に話しあっていた。ルーシーは「あぁ、エドマンド!」と言って泣《な》きだした。ピーターはみんなに背《せ》を向けて立ち、遠くの海を見つめていた。ビーバー夫妻《ふさい》は手をにぎりあい、頭《こうべ》を垂《た》れて立っていた。ケンタウロスはそわそわとひづめを踏《ふ》みかえていた。しかし、最後《さいご》には全員が完全《かんぜん》に静《しず》まりかえり、ハチが飛《と》びまわる音やふもとの森で小鳥が羽《は》ばたく音や木の葉が風に揺《ゆ》れるかすかな音さえ聞き取れるほどの静寂《せいじゃく》があたりを支配《しはい》した。それでもなお、アスランと白い魔女の話しあいは続《つづ》いた。

ようやく「みんな、もどってきてよろしい」というアスランの声が響《ひび》いた。「話がついた。この者はエドマンドの血を要求《ようきゅう》する権利《けんり》を放棄《ほうき》した」息を詰《つ》めて待っていた全員がようやく呼吸《こきゅう》をとりもどし、安堵《あんど》のためいきと低いささやきが丘《おか》の上に広がった。

すさまじい歓喜《かんき》の表 情《ひょうじょう》をうかべて帰ろうとしていた魔女《まじょ》が、去りぎわに足を止めて言った。

「この約束《やくそく》がまちがいなく守られるという保証《ほしょう》はあるのか？」

「ウオオオー！」アスランが王座《おうざ》から腰《こし》を浮《う》かせて大声で吼《ほ》えた。大きな口がいっそう大きく開き、なおも大きく開き、咆哮《ほうこう》がとどろき、なおも恐《おそ》ろしくとどろきわたり、魔女はぽかんと口を開けてアスランを一瞬《いっしゅん》見つめたあと、衣《ころも》のすそをひるがえして命からがらの態《てい》で逃《に》げていった。

# 14　魔女《まじょ》の勝利《しょうり》

魔女が逃《に》げていった直後にアスランが口を開いた。「ただちにこの場所から移動《いどう》せねばならない。この場所はほかの目的《もくてき》に使われることになった。今夜はベルーナの渡《わた》り場《ば》で野営《やえい》する」

アスランと魔女のあいだでどのように話がまとまったのか、もちろん誰《だれ》もが聞きたくてたまらなかった。しかし、アスランの表情《ひょうじょう》は厳《きび》しく、さきほどの咆哮《ほうこう》がまだ耳の奥《おく》で響《ひび》いていたから、誰もあえて質問《しつもん》する者はいなかった。

丘《おか》の上で食事を終えたあと（すでに日ざしが強くなり、草が乾《かわ》いていたので、戸外《こがい》での食事となった）、しばらくはテントを片《かた》づけたり荷造《にづく》りをしたりで、あわただしく時が過《す》ぎた。午後二時前、一行は隊列《たいれつ》を組んで北東の方向へ丘を下りはじめた。行《こう》軍《ぐん》はのんびりとしたペースだった。ベルーナの渡《わた》り場《ば》まではさほど距離《きょり》がなかったからだ。

移動《いどう》を始めてしばらくのあいだ、アスランは歩きながらピーターに戦《たたか》いの進めかたを教えた。「この地での用件《ようけん》が終わりしだい、魔女《まじょ》の軍勢《ぐんぜい》はおそらく館《やかた》にもどり、そこに立てこもるだろう。魔女たちが館に帰り着く前に行く手を阻《はば》むことができるかどうか、どちらとも言いかねるが――」アスランはそう言って、二通りの作戦《さくせん》を説明《せつめい》した。一つは森で魔女の軍勢と戦う展開《てんかい》、もう一つは魔女の館を攻《せ》める展開。説明しながら、アスランは、「ケンタウロスはこれこれこういう場所に配置《はいち》するといい」とか「斥候《せっこう》[1]を放って、魔女がこれこれの行動に出ないよう見張《みは》っておくことが大切だ」などとピーターに戦術《せんじゅつ》を指南《しなん》した。そんなアスランの態度《たいど》を見ていたピーターが、とちゅうで質問《しつもん》をした。「でも、戦いのあいだ、アスランもその場にいらっしゃるのでしょう？」

1　敵の状況《じょうきょう》などを探《さぐ》る兵士。

「それを約束《やくそく》することはできない」アスランはそう答え、ピーターに戦術《せんじゅつ》指南《しなん》を続《つづ》けた。

ベルーナへ移動《いどう》する行程《こうてい》の後半、アスランとともに歩いたのはスーザンとルーシーだった。アスランは口数少なく、悲しげに見えた。

渓谷《けいこく》が開けて川幅《かわはば》が広がり水が浅《あさ》くなるあたりに一行《いっこう》が到着《とうちゃく》したとき、まだ午後の太陽は高い位置《いち》に輝《かがや》いていた。ここがベルーナの渡り場《わたりば》で、アスランは川の手前で全軍《ぜんぐん》に停止《ていし》を命じた。しかし、ピーターが口を開いた。

「川のむこう側《がわ》で野営《やえい》するほうがよいのではありませんか？　魔女《まじょ》が夜襲《やしゅう》してきた場合などにそなえて？」

アスランは何かほかのことに心を奪《うば》われていたようで、豊《ゆた》かなたてがみを震《ふる》わせて頭の中の考えごとを振《ふ》り払《はら》うようにしたあと、「え？　何と言った？」と聞きかえした。ピーターは質問《しつもん》をくりかえした。

「いや」アスランは、そんなことはたいして重要《じゅうよう》ではないというかのように、気のない返事をした。「いや、今夜のうちに襲《おそ》ってくることはないだろう」そう言ったあと、アスランは深いため息をついた。が、すぐに、こう付《つ》け加《くわ》えた。「とはいえ、よく考えた。戦《たたか》う者はそのように頭を働《はたら》かせなければならぬ。しかし、その点についてはさほど気にする必要《ひつよう》はない」そんなやりとりがあったあと、川のこちら側《がわ》で野営《やえい》の準備《じゅんび》が始まった。

その晩《ばん》は、アスランの沈《しず》んだ空気が全軍《ぜんぐん》に影《かげ》を落とした。ピーターは自分ひとりを頼《たよ》りに戦わなければならないことに不安《ふあん》を感じていた。アスランが戦いの場にいてくれないかもしれないという話は、ピーターにとって大きなショックだった。その日の夕食は、ひっそりとした雰囲気《ふんいき》だった。誰《だれ》もが、前の晩とどれほどかけはなれた雰囲気になってしまったか、その日の朝とくらべてもどれほど沈んだ雰囲気になってしまったかを痛感《つうかん》していた。まるで、始まったばかりの良《よ》き時代がすでに終わりに近づいているかのように感じられた。

そうした雰囲気を強く感じていたスーザンは、寝床《ねどこ》にはいっても眠《ねむ》ることができなかった。横になったままヒツジを数え、何度も何度も寝返《ねがえ》りをくりかえしていたところへ、暗闇《くらやみ》の中、すぐとなりで横になっているルーシーが長いため息をついて寝返りを打つ音が聞こえた。

「眠《ねむ》れないの？」スーザンが声をかけた。

「うん」ルーシーが答えた。「お姉ちゃんは眠ったのかと思ってた。ねえ、スーザン！」

「何？」

「わたし、すごくいやな予感がするの——何か悪いことが迫《せま》っているような」

「そうなの？　じつは、わたしも同じような気がしてたの」

「アスランのことなんだけど」ルーシーが言った。「何かすごく恐《おそ》ろしいことがアスランに起きようとしているか、でなければ、何かすごく恐ろしいことをアスランがしようとしているか」

「きょうの午後、アスランはずっと変《へん》だったわよね」スーザンが言った。「ねえ、ルーシー、戦《たたか》いのあいだアスランがいっしょにいられないかもしれないって、どういう意味だと思う？　今夜のうちにこっそりどこかへ消えちゃうなんてこと、ないわよね？」

「いま、どこにいるのかしら?」ルーシーが言った。「このテントの中?」

「じゃないと思う」

「ねえ、スーザン、外に出て探《さが》してみようよ。どこかにいるかもしれないわ」

「そうね。ここで眠《ねむ》れないいまま横になってるくらいなら、探しにいったほうが……」

スーザンとルーシーは眠っている者たちのあいだを手さぐりしながらそっと抜《ぬ》けて、テントの外に出た。月が明るく照《て》らしており、浅瀬《あさせ》を流れる川のせせらぎを別《べつ》にすれば、何もかもがしんと静《しず》まりかえっていた。とつぜん、スーザンがルーシーの腕《うで》をつかんで言った。「見て、あそこ!」野営地《やえいち》の反対側《はんたいがわ》、木立《こだ》ちが始まるあたりに、ライオンの姿《すがた》があった。ゆっくりと森の中へ去っていこうとしている。二人は黙《だま》ってライオンのあとをつけた。

ライオンは川が流れる谷を離《はな》れ、急斜面《きゅうしゃめん》を少し右の方向へのぼっていく。その日の午後〈石舞台《いしぶたい》〉の丘《おか》から下りてくるときに通ったのと同じ道をさかのぼるつもりらしかった。ライオンは暗い木蔭《こかげ》にはいり、あるいは青白い月光に照らされながら、斜面をのぼっていく。スーザンとルーシーの足は夜露《よつゆ》でしとどに濡《ぬ》れた。アスランは、二人が知っているアスランとはどこかちがって見えた。頭をうなだれ、尾《お》を垂《た》れ、ひどく疲《つか》れたような足取りでのろのろと歩いていく。やがて、広くひらけて身を隠《かく》す木《こ》蔭《かげ》もない場所を横切るとき、ライオンは足を止め、あたりを見まわした。逃《に》げ隠《かく》れしてもしかたがないので、スーザンとルーシーはアスランのところまで歩いていった。

二人が近くへ来たとき、アスランが言葉を発した。

「子どもたちよ、おお、子どもたちよ。なぜ、わたしのあとをついてくるのか？」

「眠《ねむ》れなかったのです」ルーシーは言った。そして、そのひとことだけでアスランには自分たちの考えていたことがすべて伝《つた》わったにちがいないと思った。

「お願《ねが》いです、わたしたちもいっしょに行ってはいけませんか？　アスランが行かれるところへ？」スーザンが言った。

「そうだな――」アスランは少し考えているようだったが、やがてこう言った。「今夜は、連《つ》れがいてくれたほうがうれしい。よろしい、ついて来なさい。ただし、わたしがここでと言ったときには、あなたがたはそこにとどまり、そこから先はわたし一人で行かせてくれると約束《やくそく》しなければならない」

「ありがとう、ありがとうございます。約束《やくそく》します」二人は言った。

こうして、三人はふたたび歩きだした。スーザンとルーシーは、一人ずつライオンの右と左について歩いた。それにしても、アスランの歩みはなんと遅《おそ》かったことか！　そして、アスランの堂々《どうどう》として高貴《こうき》な頭は、鼻先が草にかすりそうなくらいに低《ひく》く垂《た》れていた。そのうちに、アスランがつまずいてよろめき、低いうめき声をもらした。

「アスラン！　アスラン！」ルーシーが声をかけた。「どうしたのですか？　おっしゃってください」

「ぐあいが悪いのですか、アスラン？」スーザンも声をかけた。

「いや、そうではない」アスランが答えた。「わたしは悲しく、心細いのだ。あなたがたの手をわたしのたてがみに添《そ》えてくれないだろうか。あなたがたがそばにいると感じられるように。そのようにして歩いていこう」

スーザンとルーシーは、アスランに初《はじ》めて会ったときからしてみたくてしかたがなかったこと、けれどもアスランの許《ゆる》しがなければけっしてしようとは思わなかったことをした――冷《つめ》たくなった手を美しく波打つ毛皮にうずめ、たてがみを撫《な》でながら、アスランと並んで歩いていったのだ。やがて、三人は〈石舞台〉の丘へ続く斜面にさしかかった。三人がのぼっていく斜面は丘のすぐそばまで木立《こだ》ちが迫《せま》っている側《がわ》で、その中でも最前列《さいぜんれつ》の木のところまで来たとき（その木の根方《ねかた》には低木《ていぼく》のしげみがあった）、アスランは足を止めて、二人に言った。

「子どもたちよ、おお、子どもたちよ。あなたがたは、ここで止まらなくてはならぬ。そして、何が起ころうとも、姿《すがた》を見せてはならない。いざ、さらばだ」

スーザンとルーシーは激《はげ》しく泣《な》きじゃくり（なぜ泣けてくるのかは、わからなかった）、アスランにしがみついて、たてがみにキスをし、鼻先にキスをし、足先にキスをし、アスランの大きくて悲しげな瞳《ひとみ》にキスをした。やがて、アスランは二人に背《せ》を向けて、丘の頂上《ちょうじょう》へのぼっていった。ルーシーとスーザンは、しげみの中にうずくまったままアスランを見送った。そして、次のような光景《こうけい》を目撃《もくげき》した。

〈石舞台〉を囲《かこ》んで、おびただしい数の者どもが立っていた。月が明るく照《て》らしていたにもかかわらず、その者たちの多くは手にたいまつを持っており、たいまつは邪悪《じゃあく》な赤い炎《ほのお》と黒い煙《けむり》をあげて燃《も》えていた。それにしても、なんという者たちの集まり

YOUCHAN

だったことだろう！　獰猛《どうもう》な牙《きば》をむいた人食《ひとく》い鬼《おに》、オオカミ、牛頭人身《ぎゅうとうじんしん》のミノタウロス、妖樹《ようじゅ》や毒草《どくそう》の精《せい》、ほかにもいろいろな化け物が集まっていたが、ここでは書かないことにする。微《び》に入り細《さい》にわたって描写《びょうしゃ》すれば、読者諸君《しょくん》のご両親はこの本を読ませてくれなくなるだろう。とにかく、そこには悪鬼《あっき》、鬼婆《おにばば》、夢魔《むま》、生霊《いきりょう》、死霊《しりょう》、鬼神《きじん》、小鬼《しょうき》、亡霊《ぼうれい》、毛むくじゃらの大男、エティン族らがいた。みな魔女《まじょ》の側《がわ》についた者たちで、オオカミが魔女に命じられて呼《よ》び集《あつ》めた者たちだった。そしてその魔《ま》物《もの》どもに取《と》り巻《ま》かれて、〈石舞台《いしぶたい》〉のすぐ脇《わき》に、ほかならぬ魔女が立っていた。

偉大《いだい》なライオンが近づいてくるのを目にした化け物どものあいだから、おじけづいた叫《さけ》び声《ごえ》やわめき声があがった。一瞬《いっしゅん》、魔女自身でさえ、恐怖《きょうふ》に打たれたような表《ひょう》情《じょう》を見せた。が、魔女はすぐに気をとりなおし、すさまじい笑《わら》い声《ごえ》をあげた。

「愚《おろ》か者《もの》め！　愚か者がやってきおったぞ！　縛《しば》りあげよ」

ルーシーとスーザンは息を殺《ころ》して見守っていた。アスランがひと声吼《ほ》えて敵《てき》に襲《おそ》いかかるにちがいないと思って見ていたが、そうはならなかった。四人の鬼婆がにやにや笑って流し目を使いながら、そのくせ（初《はじ》めのうちは）および腰《ごし》で縄《なわ》を手にアスランにおずおずと近づいていった。「縄《なわ》をかけろと申しておるのじゃ！」白い魔女《まじょ》がふたたび声をあげた。鬼婆《おにばば》たちはアスランにむかって突進《とっしん》し、アスランがまったく抵抗《ていこう》しないのを見てとると、甲高《かんだか》い勝利《しょうり》の声をあげた。するとほかの者たち――邪悪《じゃあく》なドワーフやサルども――も鬼婆たちに加勢《かせい》し、巨大《きょだい》なライオンをあおむけに転がして四本の足をひとまとめに縛《しば》り、まるで自分たちがよほど勇敢《ゆうかん》なことをなしとげたかのように雄叫《おたけ》びをあげた。実際《じっさい》には、ライオンがその気になれば前足のひと振《ふ》りで化け物どもを皆殺《みなごろ》しにできたはずだ。しかし、アスランは、化け物どもが力まかせに引っぱった縄が肉に食いこんでも、声ひとつ立てなかった。化け物どもは、縛りあげたアスランを〈石舞台《いしぶたい》〉のほうへ引きずりはじめた。

「待て！」魔女の声がした。「先に毛を刈《か》ってしまえ」

ふたたび悪意に満《み》ちた笑《わら》い声《ごえ》があがる中を、毛刈りばさみを手にした人食い鬼が進み出て、アスランの頭の脇《わき》にしゃがみこんだ。ジョキジョキと毛刈りばさみが音をたて、大量《たいりょう》の金色の巻《ま》き毛《げ》が地面に落ちた。人食い鬼が立ち上がって一歩下がると、しげみに隠《かく》れて見ている子どもたちのところからもアスランの姿《すがた》が見えた。たてがみを刈《か》り取られたアスランの顔はすっかり小さくなって、それまでとはまったく別《べつ》ものののように見えた。化け物ども同じように感じたらしい。

「よう、これじゃただのでかいネコじゃねえか！」化け物の一匹《ぴき》が叫《さけ》んだ。

「こんなもんを怖《こわ》がってたのかよ？」別《べつ》の声が言った。

化け物どもはアスランの周囲《しゅうい》に押《お》し寄《よ》せ、アスランをあざけり、「ネ～コ、ネ～コ、仔《こ》ネコちゃん」とか「タマや、きょうはネズミを何匹《なんびき》つかまえたの？」とか「よう、ネコすけ、ミルクでもやろうか？」などとからかった。

「なんてひどいことをするの」ルーシーの頰《ほお》を涙《なみだ》が流れ落ちた。「けだものだわ！あいつらは、けだものよ！」最初《さいしょ》のショックが過《す》ぎたあと、毛を刈られたアスランの顔はルーシーの目には以前《いぜん》にもまして勇気《ゆうき》に満《み》ち、美しく、苦難《くなん》を耐《た》え忍《しの》ぶ気高《けだか》い面《おも》立《だ》ちに見えた。

「口輪《くちわ》をかけよ！」魔女《まじょ》の声がした。いま、縛《しば》りあげられたこの状態《じょうたい》でさえ、アスランが口を開けてひと噛《か》みすれば、口輪をかけようとしている化け物どもの手が二本や三本は犠牲《ぎせい》になっただろう。しかし、アスランはぴくりとも動かなかった。化け物どもはアスランに口輪《くちわ》がかかったのを見てますます図に乗り、寄《よ》ってたかってアスランに襲《おそ》いかかった。アスランが縄《なわ》で縛《しば》られたあとでさえ怖《お》じけてそばへ寄れなかった連中《れんちゅう》も気が大きくなって襲いかかり、しばらくのあいだ、ルーシーもスーザンもアスランの姿《すがた》を見ることさえできなかった。化け物どもが幾重《いくえ》にもアスランを取り囲《かこ》んで、蹴《け》りつけたり、殴《なぐ》ったり、つばをあびせたり、あざけりの言葉を投げつけたりしていたからである。

ようやく気がすんだらしく、化け物どもは四本の足を縄で縛られたうえに口輪をかけられたアスランを押《お》したり引いたりしながら〈石舞台《いしぶたい》〉へとひきずりはじめた。アスランはあまりに巨大《きょだい》だったので、〈石舞台〉の下まで引きずっていったあとも、〈石舞台〉に上げるのにたいへんな労力《ろうりょく》を要《よう》した。〈石舞台〉に上げられたあと、アスランにはさらに幾重にも縄がかけられ、きつく縛りあげられた。

「弱虫！　意気地《いくじ》なし！」スーザンは泣《な》きじゃくっていた。「あんなにしたあとでも、まだアスランが怖《こわ》いの？」

平らな石の上にアスランが縛りつけられたあと（ほとんど縄のかたまりにしか見え

ないほど厳重《げんじゅう》に縄《なわ》がかけられた）、化け物たちは水を打ったように静《しず》まりかえった。たいまつを持った四人の鬼婆《おにばば》が〈石舞台《いしぶたい》〉の四すみに立った。魔女《まじょ》は、前夜エドマンドをいけにえにしようとしたときと同じく両腕《りょううで》をむきだし、ナイフを研《と》ぎはじめた。スーザンとルーシーの目には、たいまつの光に照《て》らしだされたナイフが鉄ではなく石でできているように見えた。ナイフは奇妙《きみょう》で気味の悪い形をしていた。

ついに魔女がアスランに近づいた。アスランの脇《わき》にたたずむ魔女の顔は、激情《げきじょう》おさえがたくピクピクと引きつっていた。一方、アスランは空を見上げたまま怒《いか》りも恐怖《きょうふ》も感じさせない静《しず》かな表情《ひょうじょう》で、ただ少し悲しそうに見えた。魔女はとどめを刺《さ》す前にアスランの顔の上にかがみこみ、わななく声で言った。

「さあ、どうだ、どちらが勝った？　愚《おろ》か者《もの》め、こんなことであの裏切《うらぎ》り者《もの》の小童《こわっぱ》を救《すく》えると思ったのか？　これから、われらのあいだの申し合わせに従《したが》って、あの小童のかわりにおまえを殺《ころ》し、それによって〈いにしえの魔法《まほう》〉が成就《じょうじゅ》する。だが、おまえが死んだあと、わらわがあの小童を殺すことを誰《だれ》がさまたげられよう？　おまえ亡《な》きあと、誰があの小童をわらわの手から救い出せるというのだ？　聞け。ナルニアは永久《えいきゅう》にわが手に落ちた。お前は自らの命を失《うしな》い、しかもあの小童《こわっぱ》の命も救《すく》えなんだ。それを思い知れ。そして、絶望《ぜつぼう》のうちに死ぬがよい」

子どもたちは殺害《さつがい》の場面を見なかった。とても耐《た》えられず、目をおおってしまったのだった。

# 15 いにしえよりも古い魔法《まほう》

スーザンとルーシーが両手で顔をおおったままましげみの中にうずくまっていたところへ、魔女《まじょ》の大音声《だいおんじょう》が響《ひび》いた。

「いざ！ みなの者、わらわに続《つづ》け！ 残《のこ》りの戦《いくさ》に片《かた》をつけるぞ！ この大馬鹿者《おおばかもの》のネコが死んだからには、人間どもや裏切《うらぎ》り者《もの》どもをひねりつぶすのも造作《ぞうさ》なかろう！」

このあとしばらく、スーザンとルーシーはきわめて危険《きけん》な局面にさらされた。けがらわしい化け物の軍団《ぐんだん》が荒々《あらあら》しい雄叫《おたけ》びをあげ、笛やラッパを甲高《かんだか》く吹《ふ》き鳴《な》らしながら丘《おか》の斜面《しゃめん》を駆《か》けくだり、二人が隠《かく》れているすぐ脇《わき》を通っていったからだ。物《もの》の怪《け》がすぐそばを通ったときは冷《つめ》たい風に撫《な》でられたような感じがしたし、ミノタウロスが疾走《しっそう》していったときは足もとの地面が揺《ゆ》れた。腐臭《ふしゅう》を放つハゲワシや巨大《きょだい》なコウモリが頭上を次々に通過《つうか》していき、空がまっ暗になった。こんなときでなければ、スーザンもルーシーも恐《おそ》ろしさに震《ふる》えあがったことだろう。けれども、いまはアスランの処刑《しょけい》を目撃《もくげき》した悲しみや悔《くや》しさや恐ろしさで頭がいっぱいになっていたので、怖《こわ》いという感情さえ起こらなかった。森に静《しず》けさがもどったところで、スーザンとルーシーはしげみから這《は》い出《だ》して丘《おか》の頂上《ちょうじょう》に向かった。月は低《ひく》く傾《かたむ》き、ときおり薄《うす》い雲がかかったりしていたが、縄《なわ》にいましめられて息絶《いきた》えたライオンの姿《すがた》を見ることはできた。スーザンとルーシーは夜露《よつゆ》に濡《ぬ》れた草の上にひざまずき、アスランの冷《つめ》たくなった顔に何度もキスをし、美しいたてがみ——刈《か》り残《のこ》されていた部分——を撫《な》でさすって、涙《なみだ》がかれるまで泣《な》いた。そして二人は顔を見合わせ、どうしようもない心細さに手を取り合って、また泣きくずれた。そして、そのあと、ふたたび沈黙《ちんもく》がおとずれた。しばらくして、ルーシーが口を開いた。

「こんな口輪《くちわ》をはめられて、かわいそうに。とても見ていられないわ。はずせないかしら？」

二人はやってみた。かなり手間取ったが（二人とも指がかじかんでいたし、夜の闇《やみ》がもっとも深い時刻《じこく》にかかっていたので）、なんとか口輪《くちわ》をはずすことができた。口輪がはずされたアスランの顔を見て二人はまたも泣《な》きくずれ、アスランの顔にキスをし、撫《な》でさすり、血や泡《あわ》をできるだけ拭《ぬぐ》い取《と》ってきれいにした。新たに押《お》しよせてきた心細さと絶望感《ぜつぼうかん》と忌《い》まわしい思いは、筆舌《ひつぜつ》に尽《つ》くせぬものだった。

「からだにかかっている縄《なわ》もはずせないかしら？」そのうちに、スーザンが口を開いた。しかし、化け物どもが恨《うら》みをこめてきつく絞《し》めあげた縄は、スーザンやルーシーの力ではどうにもならなかった。

この本を読んでくれている諸君《しょくん》がこの夜のスーザンやルーシーほどみじめな気もちを味わった経験《けいけん》がないことを祈《いの》っているが、もしそのような経験があるとしたら——一晩《ひとばん》じゅう涙《なみだ》がかれるまで泣きあかした経験があるとしたら——最後《さいご》にはある種《しゅ》の静謐《せいひつ》な時間が訪《おとず》れることを知っているだろうと思う。もうこれ以上《いじょう》何も起こるなんて考えられない——スーザンとルーシーは、そんなふうに感じていた。その感覚《かんかく》を失《うしな》ったような静《しず》けさの中で、ずいぶんと長い時間が過《す》ぎたような気がした。二人とも、からだが冷《ひ》えていくことさえ、ほとんど感じなかった。そのうちやっと、ルーシーが二つのことに気づいた。一つは、丘《おか》の上から見える東の空が一時間前ほど真っ暗ではなくなってきたこと。もう一つは、足もとの草むらで何かがちょこちょこと動きまわっていること。初《はじ》めのうち、ルーシーはたいして気にもとめなかった。どうでもいい、いまさら何がどうなろうとかまわない、という気もちだった。しかし、そのうちに、そのちょこまか動くものが〈石舞台《いしぶたい》〉を支《ささ》えている垂直《すいちょく》な石を伝《つた》ってのぼりはじめたのが見えた。そして、いま、そのちょこまかしたものはアスランの遺体《いたい》の上を動きまわっていた。ルーシーは目をこらして見た。それは小さな灰色《はいいろ》の生き物だった。

「げっ！」〈石舞台〉の向こう側《がわ》からスーザンの声が聞こえた。「なんてやつらなの！アスランの上をネズミが這《は》いまわってる。こらっ、あっち行け！」スーザンはネズミを追《お》い払《はら》おうとして手を上げた。

「待って！」ネズミたちの動きをさっきからよく見ていたルーシーが止めた。「ネズミが何をしようとしてるか、わかる？」

スーザンとルーシーはかがみこんで、ネズミをじっと見つめた。

「これって、もしかして──?」スーザンが口を開いた。「信《しん》じられない! ネズミが縄《なわ》を噛《か》み切《き》ろうとしてるわ!」

「わたしもそう思ったの」ルーシーが言った。「きっと、味方のネズミなんだと思う。ネズミたち、アスランが死んじゃったことがわからないのね。縄を解《と》いてあげれば何とかなると思ってるんだわ」

あたりは、ずいぶん明るくなってきていた。スーザンとルーシーは、ようやくおたがいの青白い顔が見えるようになった。ネズミたちが縄をかじっているところも見えるようになった。何十匹《ぴき》、何百匹もの小さな野ネズミたちだった。そのうちに、とうとう一本ずつ縄が解け、すべての縄がかじり切られた。

東の空が白みはじめ、星たちの光はしだいに薄《うす》れて、いま残《のこ》っているのは東の地平線近くに光る特別《とくべつ》に大きな星一つだけだった。スーザンもルーシーも、からだがすっかり冷《ひ》えきってしまった。ネズミたちはどこかへ消えていった。

スーザンとルーシーは、ネズミたちがかじった縄の残りをきれいにほどいた。縄がなくなって、アスランはいくらか本来のアスランらしい姿《すがた》にもどった。あたりが明るくなり、よく見えるようになるにつれて、アスランの死に顔は刻一刻《こくいっこく》と気高《けだか》さを増《ま》していった。

背後《はいご》の森で小鳥がクックッと声をたてた。夜のあいだずっと静《しず》まりかえっていたところへ鳥の声が響《ひび》いたので、二人はびくっとした。別《べつ》の一羽《わ》がさえずりを返し、じきにあたりは鳥のさえずりに満《み》たされた。

あきらかに朝の訪《おとず》れだった。夜が終わろうとしていた。

「とっても寒いわ」ルーシーが言った。

「わたしも」スーザンが言った。「少し歩きましょう」

二人は丘《おか》の東の端《はし》まで歩いていって、下に広がる景色《けしき》を見わたした。たった一つ残《のこ》っていた星も、消えようとしていた。ナルニアは濃《こ》い灰色《はいいろ》の闇《やみ》に沈《しず》んでいたが、その先、世界が果《は》てるあたりに薄青色《うすあおいろ》の海が見えた。空が赤く染《そ》まりはじめた。二人は冷《ひ》えたからだを温めようとしてアスランの遺体《いたい》と丘の東端《とうたん》のあいだを数えきれないくらい何度も往復《おうふく》したので、足がすっかり疲《つか》れてしまった。やがて、二人がしばし足を止めて海とケア・パラヴェル（ようやく輪郭《りんかく》が見分けられるようになってきた）を眺《なが》めていたとき、空と海のとけあう部分が赤から金色に変《か》わり、ゆっくりとゆっくりと太陽が姿《すがた》を見せはじめた。その瞬間《しゅんかん》、二人の背後《はいご》で大きな音がした。まるで巨人《きょじん》が巨人用の皿をたたき割《わ》ったかのような、耳をつんざく音だった。

「何？」ルーシーがスーザンの腕《うで》をつかんで言った。

「わたし――わたし、怖《こわ》すぎて、ふりむけない」スーザンが言った。「何か恐《おそ》ろしいことが起こってるんだと思う」

「アスランに、もっと悪いことしてるんだわ！　行かなくちゃ！」ルーシーがふりかえった。つられてスーザンもふりかえった。

昇《のぼ》る朝日に照《て》らされて、何もかもがそれまでとはちがって見えた。色彩《しきさい》も陰影《いんえい》もすべてがちがって見えたので、一瞬《いっしゅん》、二人は重大なことを見のがしていた。が、次の瞬間、二人とも気づいた。〈石舞台《いしぶたい》〉の端《はし》から端まで大きな割れ目が走り、石の板がまっぷたつに割れていたのだ。そして、アスランの姿が消えていた。

「ああ！」二人は声をあげ、〈石舞台〉に駆《か》け寄《よ》った。

「ああ、ひどすぎるわ」ルーシーが泣《な》きじゃくった。「なきがらぐらい、そっとしておいてくれたっていいのに」

「誰《だれ》がこんなことしたの？」スーザンが声をあげた。「どういうこと？　これもまた魔法《まほう》なの？」

「そうだ！」二人の背後《はいご》で朗々《ろうろう》たる声が響《ひび》いた。「これもまた魔法なのだ」二人がふりむくと、そこには昇《のぼ》る朝日を浴《あ》びて、以前《いぜん》よりひとまわり大きくなったアスランがたてがみ（ふたたび生《は》えそろったようだった）を揺《ゆ》らして立っていた。

「アスラン！」スーザンもルーシーも声をあげ、アスランを見上げた。うれしさと恐《おそ》ろしさがいりまじった気もちだった。

「アスラン、死んではいないのね？」ルーシーが言った。

「いまは死んではいない」アスランが言った。

「ということは――あの――？」スーザンが声を震《ふる》わせて言いよどんだ。「幽霊《ゆうれい》」という言葉を口にすることができなかったのだ。アスランは金色に輝《かがや》く頭を低《ひく》くして、スーザンのひたいを舐《な》めた。温《あたた》かい息と獣毛《じゅうもう》の濃厚《のうこう》なにおいが押《お》し寄《よ》せてきてスーザンを包《つつ》んだ。

「そんなふうに見えるかな?」アスランが言った。

「ああ、本物なのね! 本物なのね! ああ、アスラン!」ルーシーは声をあげ、スーザンもいっしょになってアスランに抱《だ》きついてキスの雨を降《ふ》らせた。

「それにしても、これはいったいどういうことなのですか?」少し落ち着きを取りもどしたスーザンがたずねた。

「それは、こういうことなのだ」アスランが説明《せつめい》した。「魔女《まじょ》は〈いにしえの魔法《まほう》〉は知っていた。しかし、〈いにしえよりも古い魔法〉が存在《そんざい》することを知らなかったのだ。魔女が知っている魔法は、時の初《はじ》めよりこちらのこと。しかし、もう少しさかのぼって、時の初めよりさらに前の静寂《せいじゃく》と暗闇《くらやみ》に目を凝《こ》らしたならば、別《べつ》の魔法を読《よ》み解《と》けたはずだ。それは、裏切《うらぎ》りをおかしたことのない者がみずから進んでいけにえとなり、裏切り者のかわりに捧《ささ》げられた場合、〈石舞台《いしぶたい》〉が割《わ》れて、死は時をさかのぼる、という定《さだ》めなのだ。さて、それでは――」

「それでは――?」ルーシーは跳《と》びはねながら手をたたいて先をうながした。

「おお、子どもたちよ。わたしはふたたび力がみなぎるのを感じている。さあ、子どもたちよ。わたしをつかまえてごらん！」アスランは瞳《ひとみ》をきらきら輝《かがや》かせ、四肢《しし》を細かく震《ふる》わせながら尾《お》を鞭《むち》のように振《ふ》ってからだを打っていたと思ったら、いきなり高く跳《は》ねてスーザンとルーシーを飛《と》び越《こ》し、〈石舞台《いしぶたい》〉の反対側《はんたいがわ》に着地した。ルーシーは自分でもなぜかわからないまま大声をあげて笑《わら》いながら〈石舞台〉によじのぼり、アスランにさわろうと手をのばした。アスランはふたたび高く跳ねた。こうして、めちゃくちゃな鬼《おに》ごっこが始まった。アスランは二人を従《したが》えて丘《おか》の上をぐるぐる回り、とても届《とど》きそうもないところへ逃《に》げたかと思うと、次の瞬間《しゅんかん》には尾がつかめそうなくらい近くをすり抜《ぬ》け、子どもたちのあいだに割《わ》って飛《と》びこんだかと思うと、柔《やわ》らかく巨大《きょだい》な肉球で子どもたちを空中に放《ほう》り投《な》げては受け止め、かと思うと不意《ふい》に立ち止まったので子どもたちが衝突《しょうとつ》し、三人は楽しげな笑《わら》い声《ごえ》をあげながら毛皮と手と足のかたまりになってごろごろと転がった。こんな遊びかたはナルニア以外《いがい》ではありえないことだった。それを雷神《らいじん》との取っ組みあいと形容《けいよう》すべきか、それとも仔《こ》ネコとじゃれたと形容すべきなのか、ルーシーは決めかねた。不思議《ふしぎ》だったのは、三人が遊びつかれて荒《あら》い息をつきながら日だまりに寝《ね》ころんだとき、スーザンもルーシーも疲《つか》れをすっかり忘《わす》れ、空腹《くうふく》ものどのかわきも感じなかったことだ。

「さて、それでは、仕事に取りかかろう。わたしはひとつ吼《ほ》えようと思う。あなたがたは指で耳をふさいでおいたほうがよかろう」

スーザンもルーシーも言われたとおりにした。アスランは立ち上がり、大きな口を開けて吼えた。その顔があまりに恐《おそ》ろしかったので、子どもたちはアスランの顔を見ることができなかった。アスランの正面に立っていた木々は、アスランの咆哮《ほうこう》を受けて、草原の草が風になびくようにいっせいに風下へなびいた。

そのあと、アスランは言った。「これから長い道のりになる。あなたがたはわたしの背中《せなか》に乗りなさい」アスランは身をかがめ、子どもたちはアスランの暖《あたた》かくて金色の背中によじのぼった。スーザンが前にすわってアスランのたてがみにしっかりとつかまり、ルーシーは後ろにすわってスーザンにしっかりとつかまった。アスランの大きなからだがのっそりと立ち上がり、いきなり全速力で走りだした。アスランはどんな馬よりも速く丘《おか》を駆《か》け下《お》り、森を抜《ぬ》けて走った。

YOUCHAN

　それはナルニアでスーザンとルーシーが経験《けいけん》したおそらく最高《さいこう》のできごとだっただろう。読者諸君《しょくん》は馬をギャロップ[1]で走らせた経験があるだろうか？　馬のギャロップから重いひづめの音をなくし、はみのカチャカチャ鳴る音をなくし、かわりに大きな肉球が音もたてずに地面をとらえて走るさまを想像《そうぞう》してみてほしい。黒やグレーや栗《くり》色《いろ》の馬の背《せ》のかわりに、柔《やわ》らかい金色の毛皮に包《つつ》まれた背中を想像してみてほしい。そして、風になびく金色のたてがみを。しかも、いちばん速い競走馬《きょうそうば》の二倍も速く走る快感《かいかん》を。馬とちがって、金色のライオンは行き先を導《みちび》いてやる必要《ひつよう》もなく、疲《つか》れを知らなかった。アスランは飛《と》ぶように走り、足を踏《ふ》みはずすこともなく、一瞬《いっしゅん》の迷《まよ》いもなく、木々の間を完璧《かんぺき》な身のこなしですり抜《ぬ》け、低木《ていぼく》やイバラのしげみを飛《と》び越《こ》え、小川も飛び越え、大きな川は歩いて渡《わた》り、もっと大きな川は泳いで渡った。しかも、それは道路や公園やなだらかな丘陵《きゅうりょう》を走るのとはちがって、春のさかりのナルニアを突《つ》っ切《き》る旅だった。アスランはどっしりとしたブナの林間《りんかん》を駆《か》け抜《ぬ》け、オークに囲《かこ》まれた日だまりの空《あ》き地《ち》を横切り、雪のように白いサクラの花の下を走り、轟音《ごうおん》とどろく滝《たき》や苔《こけ》むした岩場やこだまの響《ひび》く洞窟《どうくつ》を脇目《わきめ》に疾走《しっそう》し、ハリエニシダが黄色く燃《も》えあがるような斜面《しゃめん》を風に向かって駆《か》け上《あ》がり、ヒースにおおわれた山々を越《こ》え、目がくらみそうに切り立った尾根《おね》をたどり、ふたたびぐんぐん下って荒涼《こうりょう》とした渓谷《けいこく》に分け入り、そして、どこまでも青い花が咲《さ》き乱《みだ》れる草原に出た。

昼も近くなったころ、アスランは険《けわ》しい丘《おか》の中腹《ちゅうふく》までやってきた。眼下《がんか》に尖塔《せんとう》ばかり目立つ城《しろ》が見えた。三人がいる場所からはおもちゃの城のように小さく見えたが、アスランがものすごいスピードで斜面を下っていくうちに城はぐんぐん大きく見えてきて、あれは何だろうと思う間もなく、気づいたら城がすぐ目の前に迫《せま》っていた。真正面から見ると、それはおもちゃの城などというかわいらしいものではなく、厳《いか》めしくそびえたつ城だった。砦《とりで》に見張《みは》りの姿《すがた》はなく、門は固《かた》く閉《と》じられていた。アスランはスピードを少しも落とさず、弾丸《だんがん》のような勢《いきお》いで門に向かって突進《とっしん》していった。

「魔女《まじょ》の館《やかた》だ！」アスランの声がした。「しっかりつかまって」

次の瞬間《しゅんかん》、世界全体がさかさまにひっくり返って、子どもたちは魂《たましい》をどこかに

1　全力疾走《しっそう》。

置《お》き忘《わす》れたかと思った。アスランが身を低《ひく》くかがめたあと、それまでに跳《と》んだこともないほど――「跳ぶ」というより、むしろ「飛《と》ぶ」といったほうがふさわしいかもしれない――の大ジャンプをして、城《しろ》の壁《かべ》を跳《と》び越《こ》えたのだ。スーザンとルーシーは息が止まりそうになったものの、けがもなくアスランの背中《せなか》から転げ下りた。そこは広い石の中庭で、どこもかしこも石像《せきぞう》だらけだった。

# 16　石像《せきぞう》たち、よみがえる

「なんて変《へん》てこりんな場所なの！」ルーシーが声をあげた。「石の動物が、こんなにいっぱい。それに、石の人も。なんだか――美術館《びじゅつかん》みたい」

「しっ」スーザンが言った。「アスランが何かしてるわ」

そのとおりだった。アスランは石のライオンに躍《おど》りかかって息を吹《ふ》きかけた。と思ったら、さっとふりかえって――まるでネコが自分のしっぽにじゃれるようなすばしっこさで――石のドワーフに息を吹きかけた。読者諸君《しょくん》はおぼえているだろうか、ライオンから一メートルばかり離《はな》れたところに背《せ》を向けて立っていた、あのドワーフである。そのあと、アスランはドワーフのむこうにたたずむ背の高い石のドリュアスに息を吹きかけ、さっと向きを変《か》えて右側《みぎがわ》にいた石のウサギに息を吹きかけ、そのあと二頭のケンタウロスのほうへ走っていった。そのとき、ルーシーが声をあげた。

「わぁ、スーザン！　あのライオン、見て！」

読者諸君《しょくん》は、暖炉《だんろ》で薪《まき》を燃《も》やすとき、薪に立てかけた新聞紙にマッチで火をつけるところを見たことがあると思う。少しのあいだ、何も変化《へんか》は起こらないように見える。が、そのうち、小さな火がチロチロと新聞紙の端《はし》を舐《な》めて広がっていくのが見えるだろう。いま、ルーシーの目の前で起こっていることは、それと似《に》ていた。アスランが息を吹《ふ》きかけたあと、少しのあいだ、石のライオンには何の変化もないように見えた。が、そのうちに白い大理石の背中《せなか》にそって小さな金色のすじが走り、それがしだいに長く伸《の》びていった。そして、ちょうど炎《ほのお》が新聞紙を舐めるように、色彩《しきさい》が石のライオンの全身へと広がっていった。腰《こし》から後ろはまだ石のまま、ライオンがたてがみを震《ふる》わせると、重い石のたてがみがさざ波のように揺《ゆ》れて本物のたてがみにもどった。そのあと、ライオンは大きな赤い口を開け、血のかよった生身《なまみ》のライオンとなって、とほうもなく大きなあくびをした。まもなく、後ろ足も生身にもどった。すると、ライオンは片方《かたほう》の後ろ足を上げて、からだをかいた。そして、アスランの姿《すがた》を認《みと》めると、飛《と》びはねていってはしゃぎまわり、甘《あま》えてくんくん鳴き、のびあがってアスランの顔を舐《な》めた。

もちろん、子どもたちは目でライオンの動きを追っていた。でも次々に展開《てんかい》する不《ふ》思議《しぎ》な光景《こうけい》に心を奪《うば》われて、ライオンのことはすぐに忘《わす》れてしまった。あそこでも、ここでも、いたるところで石像《せきぞう》が息を吹《ふ》きかえしていた。中庭はもはや美術館《びじゅつかん》のようではなく、むしろ動物園のようになっていた。生き物たちがアスランのまわりに集まり、アスランを囲《かこ》んで踊《おど》るので、アスランの姿《すがた》がほとんど見えないくらいだった。死んだように白一色だった中庭には、いまや色彩《しきさい》があふれていた。ケンタウロスのつややかな栗毛色《くりげいろ》、ユニコーンの藍色《あいいろ》の角《つの》、小鳥たちの目にも鮮《あざ》やかな羽《はね》の色、キツネや犬やサタイアたちの赤茶色、ドワーフの黄色いストッキングと深紅《しんく》のフード。シラカバの精《せい》たちは銀色に輝《かがや》き、ブナの精たちはすきとおるようなみずみずしい緑をまとい、カラマツの精たちは明るい黄緑色の色彩をとりもどした。それまで死んだように静《しず》まりかえっていた中庭が、さまざまな音でわきかえった。うれしそうに吼《ほ》えるけものたちの声、ロバのいななき、キツネのコンコン鳴く声、犬の吠《ほ》え声《ごえ》、ブタやネズミのキーキー声、ハトのクークー鳴く声、馬のいななく声、ひづめを踏《ふ》み鳴《な》らす音、叫《さけ》び声《ごえ》、万歳《ばんざい》の声、歌声、そして笑《わら》い声《ごえ》。

「あら！」スーザンの声が変《か》わった。「見て！　あれ、危《あぶ》なくないのかしら？」ルーシーが見ると、アスランが石の巨人《きょじん》の足に息を吹《ふ》きかけたところだった。

「だいじょうぶだ！」アスランの楽しげな声が聞こえた。「足がもとどおりになれば、上のほうももとにもどる」

「そういう意味じゃないんだけど」スーザンが小声でルーシーに言った。だが、たとえアスランがちゃんと聞いたとしても、もう手遅《ており》れだった。変化《へんか》はすでに巨人の足から上へと広がりつつあった。巨人は足を動かし、肩《かた》にかついでいた棍棒《こんぼう》を下ろし、目をこすりながら、口を開いた。

「いやぁ、驚《おどろ》いたなぁ！　おら、眠《ねむ》っちまったにちげえねえ。やれやれ！　地べたを走りまわっておったあのいまいましいチビの魔法《まほう》使いめは、どこ行っただ？　おらの足のすぐそばにおったんだが」みんなが上に向かって大声でいま起こったことを説《せつ》明《めい》してやると、巨人は片手《かたて》を耳にそえて「もういっぺん言ってくれろ」とたのんだあと、ようやく事態《じたい》を理解《りかい》したようで、頭が干《ほ》し草《くさ》の山に届《とど》きそうなくらいまで深々とおじぎをしたあと、アスランに向かって何度も帽子《ぼうし》に手をやり、[1]正直で不細工《ぶさいく》な顔に満面《まんめん》の笑《え》みをうかべて感謝《かんしゃ》の気もちをあらわした（巨人《きょじん》という生き物自体、いまのイギリスではもうめったに見ることはなくなったし、巨人はたいてい性格《せいかく》が悪いと相場が決まっているので、満面に笑みをうかべる巨人を見たことのある人はまずいないだろうと思う。巨人の破顔一笑《はがんいっしょう》は、たしかに一見《いっけん》の価値《かち》がある）。

「さあ、館《やかた》の中へ！」アスランの声がした。「急げ！　上の階も、下の階も、女王の間も見のがすな！　すみからすみまで探《さが》すのだ。どこに囚人《しゅうじん》が幽閉《ゆうへい》されているかわからないぞ」

全員が館の中へなだれこみ、しばらくのあいだ、暗く恐《おそ》ろしくかび臭《くさ》い古城《こじょう》のあちらこちらで窓《まど》を開け放つ音が響《ひび》き、「地下牢《ちかろう》を忘《わす》れるな」とか、「手を貸《か》してくれ、このドアを開けたい！」とか、「ここにも小さいらせん階段《かいだん》があるぞ」とか、「あ！

1　帽子を取るのと同じ意味のあいさつのしぐさ。

カンガルーだ。かわいそうに。アスランを呼《よ》んでくれ」とか、「ふうっ！　なんてひでえ臭《にお》いだ」とか、「気をつけろ、落とし戸があるぞ」とか「こっちの上！　踊《おど》り場《ば》にまだいっぱいいるぞ！」といったような声が飛《と》びかった。最高《さいこう》だったのは、「アスラン！　アスラン！　タムナスさんを見つけたの！　はやく来て！」と叫《さけ》びながらルーシーが階段《かいだん》を駆《か》け上《あ》がってきた瞬間《しゅんかん》だった。

まもなく、ルーシーと小さなフォーンは両手を取りあって歓《よろこ》びのあまりぐるぐる回りながら踊っていた。フォーンは石像《せきぞう》にされた痛手《いたで》などみじんも感じさせず、思ったとおりルーシーの話をひとつ残《のこ》らず聞きたがった。

やがて魔女《まじょ》の要塞《ようさい》の大捜索《だいそうさく》は終わり、からっぽになった城《しろ》のすべてのドアと窓《まど》が開け放たれ、暗くて邪悪《じゃあく》な空気がよどんでいた城内《じょうない》に光が満《み》ち、かぐわしい春の風が通った。石像からよみがえった生き物たち全員が中庭に集まった。そして、そのとき誰《だれ》かが（タムナスだったと思う）初《はじ》めて、もっともな疑問《ぎもん》を口にした。「それにしても、どうやってここから出るんですかね？」

というのも、アスランは壁《かべ》を跳《と》び越《こ》えて館《やかた》にはいってきたので、館の門はまだ鍵《かぎ》が下りたままになっていたのだ。

「心配ない」アスランはそう言うと、後ろ足で立ち上がり、巨人《きょじん》に向かって大声で吼《ほ》えた。「やあ！　そこの上のほうの人。名前は何と言う？」

「へえ、巨人のランブルバフィンと申しますです」巨人が答えて、もういちど帽子《ぼうし》に手をやった。

「それでは、巨人のランブルバフィンよ、われわれをここから出してもらえるかな？」アスランが言った。

「がってんでごぜえます、はい、喜《よろこ》んで。小さいみなさんがた、門からよ〜く後ろへ下がっておいておくんなさい」そう言うと、巨人ランブルバフィンは門のところまでのっしのっしと歩いていって、巨大《きょだい》な棍棒《こんぼう》をバン！　バン！　バン！　と打ち下ろした。門は最初《さいしょ》の一撃《いちげき》できしみ、二打目でひびがはいり、三打目でぐらぐら揺《ゆ》れた。そのあと、ランブルバフィンが門の両側《りょうがわ》に建《た》っている塔《とう》に組みついて打《う》ち壊《こわ》したり体当たりしたりすると、数分もしないうちに塔とそれに続《つづ》く両側の壁《かべ》のかなりの部分がぼろぼろに崩《くず》れ落《お》ちた。ほこりがおさまったあと、殺風景《さっぷうけい》な石の中庭から見えたのは、

YOUCHAN

崩《くず》れた城壁《じょうへき》のむこうに広がる緑の草原と枝《えだ》を揺《ゆ》らす木々、森のあいだを流れる水のきらめき、かなたの青い丘陵《きゅうりょう》、そしてその先に広がる空だった。

「大汗《おおあせ》かいちまっただよ」巨人《きょじん》ランブルバフィンが特大《とくだい》の機関車《きかんしゃ》のように息を吐《は》きながら言った。「まだ本調子《ほんちょうし》じゃねえからだな。嬢《じょう》ちゃんがた、ハンケチーなんぞは持っておられんかね？」

「ええ、あるわよ」ルーシーは背伸《せの》びをしながら腕《うで》をいっぱいに伸《の》ばしてハンカチをさしだした。

「ありがとうな、嬢ちゃん」と言って、巨人ランブルバフィンは身をかがめた。次の瞬間《しゅんかん》、ルーシーは仰天《ぎょうてん》した。巨人の親指と人さし指につままれて空中に持ち上げられてしまったからだ。しかし、顔の近くまで持っていかれたところで、巨人がはっと気づき、ルーシーをそっと地面に下ろして、「こりゃ、驚《おどろ》いた！　ハンケチーじゃなくて嬢ちゃんをつまんじまったわい。ごめんよ、嬢ちゃん。あんたがハンケチーだと思っただよ！」とつぶやいた。

「いいのよ、どういたしまして！」ルーシーが笑《わら》いながら返事をした。「はい、これですよ、どうぞ！」こんどはランブルバフィンもまちがえずにハンカチをつまんだ。しかし、巨人《きょじん》にしてみれば、人間用のハンカチなど薬の粒《つぶ》ほどの大きさでしかない。その小さなハンカチでかしこまって巨大《きょだい》な赤ら顔を拭《ふ》いている巨人にむかって、ルーシーが話しかけた。「ランブルバフィンさん、あまりお役に立たないみたいで、ごめんなさいね」

「どういたしまして、どういたしまして」巨人は礼儀《れいぎ》正しく返事をした。「こんなすてきなハンケチーは見たことがねえだよ。えらくりっぱで、えらく使《つか》い心地《ごこち》のええもんだ。その――なんちゅうか、ようわからんけども」

「あの巨人さん、とってもいい人なのね！」ルーシーはタムナスさんに言った。

「ええ、そうですとも」フォーンが答えた。「バフィン一族はむかしから善人《ぜんにん》ぞろいです。ナルニアの巨人族のなかでも、とくにりっぱな家柄《いえがら》なんですよ。まあ、頭はさほどよくはありませんけどね（頭のいい巨人なんて聞いたことありませんからね）。でも、名門ではあります、伝統《でんとう》と格式《かくしき》のある。そうでなけりゃ、魔女《まじょ》に石にされるはずがありませんからね」

このとき、アスランが手を打ちあわせて静粛《せいしゅく》を求《もと》めた。

「われわれの仕事は、まだ終わったわけではない。きょうのうちに魔女《まじょ》を打ち負かすつもりならば、ただちに戦《たたか》いの場へ赴《おもむ》かねばならない」

「そして戦いに加勢《かせい》する！　そうですよね！」いちばん大きなケンタウロスが声をあげた。

「もちろん、そのとおりだ」アスランが言った。「では、よろしいか！　ついて歩くのが難《むずか》しい者――すなわち、子どもたち、ドワーフたち、小さな動物たち――は、足の速い者――すなわち、ライオン、ケンタウロス、ユニコーン、馬、巨人《きょじん》、そしてワシ――の背《せ》に乗ること。鼻のきく者たちは、われわれライオンとともに先頭に立ち、戦いの場を嗅《か》ぎあてなくてはならぬ。急いで整列せよ」

生き物たちは喜《よろこ》び勇《いさ》んで整列をはじめた。誰《だれ》よりもうれしそうにはしゃいでいたのはアスランでないほうのライオンで、忙《いそが》しそうにあちこち駆《か》けまわり、誰彼《だれかれ》かまわずつかまえては、こう言った。「アスランの言葉を聞いたかい？　『われわれライオン』って言ったんだぜ。われわれってのは、アスランとおれのことさ。『われわれライオン』ときたもんだ。アスランのそういうとこが、おれは好《す》きなんだよね。偉《えら》ぶったとこがなくて、つんけんしてなくてさ。『われわれライオン』だってよ。それって、アスランとおれのことなんだよ」ライオンはさんざん自慢《じまん》しながら走りまわっていたが、アスランの指示《しじ》で背中《せなか》にドワーフ三人とドリュアス一人とウサギ二匹《ひき》とハリネズミ一匹を乗せられて、やっと少し落ち着いた。

ようやく隊列《たいれつ》が整い(みんなをきちんと整列させるのにいちばんアスランの役に立ったのは、大きな牧羊犬《ぼくようけん》だった)、一行《いっこう》は城壁《じょうへき》の壊《こわ》れたところを通って出発した。最初《さいしょ》、ライオンや犬たちはあらゆる方向を嗅《か》いでまわっていたが、そのうち一匹の大きな猟犬《りょうけん》が臭《にお》いを嗅ぎあて、吠《ほ》えて合図した。そのあとは、行軍《こうぐん》は一気に進んだ。犬やライオンやオオカミなど鼻のきく動物は地面に鼻を近づけた姿勢《しせい》で走った。そのあとに一キロばかりの長い列がのびて、ほかの生き物たちも全速力でついていった。あたりに響《ひび》く物音はイギリスのキツネ狩《が》りに似《に》ていたが、猟犬たちの声に加《くわ》えてもう一頭のライオンの吼《ほ》え声《ごえ》がまじったり、ときにはアスラン自身のはるかに深くて恐《おそ》ろしげな吼え声がまじったりするぶん、もっと迫力《はくりょく》があった。臭いが近くなってくるにつれ、動物たちの走るスピードがぐんぐん上がった。やがて曲がりくねった狭《せま》い谷から出る最後《さいご》のカーブの手前まで来たとき、けものたちの声とはちがう音が聞こえてきて、ルーシーはにわかに胸苦《むなぐる》しくなった。絶叫《ぜっきょう》や金切《かなき》り声《ごえ》に加《くわ》えて、金属《きんぞく》と金属の打ちあう音が聞こえてきたのだ。

狭《せま》い谷から出たところで音の正体が明らかになった。そこではピーターとエドマンドをはじめとするアスランの軍勢《ぐんぜい》が恐《おそ》ろしい化け物たちを相手に必死《ひっし》の戦《たたか》いをくりひろげていた。それはルーシーが前の晩《ばん》に見た化け物たちだったが、日の光の下で見ると、なおいっそう異様《いよう》で邪悪《じゃあく》で醜《みにく》く見えた。しかも、前の晩よりもっと多くの化け物がいるように見えた。ピーターの軍勢――ルーシーたちに背中《せなか》を向けて戦っていた――は、圧倒的《あっとうてき》に数が少なく見えた。戦場《せんじょう》のあちこちに石像《せきぞう》が立っていた。魔女《まじょ》が魔法《まほう》の杖《つえ》を使ったものと見える。しかし、いま、魔女の手に魔法の杖はなく、魔女は石のナイフを振《ふ》りかざして戦っていた。相手はピーターだ。二人とも丁々発止《ちょうちょうはっし》と斬《き》り結《むす》んでいるので、ルーシーには何がどうなっているのかよくわからなかった。石のナイフとピーターの剣《けん》がめまぐるしく動き、ナイフも剣も三本ずつあるように見えた。ピーターと魔女《まじょ》が戦場の中央にいて、その両側《りょうがわ》に戦列《せんれつ》が展開《てんかい》していた。どこを見ても、恐《おそ》ろしい光景《こうけい》ばかりだった。

「子どもたち、下りなさい」アスランが叫《さけ》んだ。スーザンもルーシーもアスランの背《せ》中《なか》から転がるようにして下りた。百獣《ひゃくじゅう》の王は西の荒《あ》れ地に立つ街灯《がいとう》から東の海岸にいたるまでナルニア全土を震《ふる》わせる雄叫《おたけ》びを放ち、白い魔女《まじょ》に襲《おそ》いかかった。ルーシーの視線《しせん》の先で、魔女が一瞬《いっしゅん》顔を上げてアスランの姿《すがた》を認《みと》め、恐怖《きょうふ》と驚愕《きょうがく》のいりまじった表情《ひょうじょう》をうかべるのが見えた。そのあと、ライオンと魔女は組みあって地面を転げたが、組《く》み伏《ふ》せられたのは魔女のほうだった。時を同じくして、アスランが魔女の館《やかた》から率《ひき》いてきた戦士《せんし》たちが敵《てき》の戦線《せんせん》へ一気に押《お》し寄《よ》せた。ドワーフは戦斧《せんぷ》[2]を振《ふ》りかざし、犬たちは牙《きば》をむきだし、巨人《きょじん》は棍棒《こんぼう》を振《ふ》りまわし（足でも何十匹《ぴき》という敵を踏《ふ》みつぶした）、ユニコーンは角《つの》をふりたて、ケンタウロスは剣《けん》とひづめで戦《たたか》った。ピーターの疲《つか》れはてた兵士《へいし》たちはにわかに勢《いきお》いをとりもどし、新たに戦闘《せんとう》に加《くわ》わった者たちのあいだから鬨《とき》の声《こえ》が上がり、敵の悲鳴や絶叫《ぜっきょう》とあいまって、戦いの血なまぐさい音が森じゅうにこだました。

2 斧《おの》の形をした古代の武器。

# 17　白シカ狩《が》り

アスランたちが到着《とうちゃく》して数分後には、戦《たたか》いは終わっていた。敵《てき》の大多数はアスラン軍《ぐん》による最初《さいしょ》の突撃《とつげき》で殺《ころ》された。生《い》き残《のこ》った者たちも、魔女《まじょ》が死んだのを見て投降《とうこう》するか逃《に》げていった。次にルーシーが見たときには、ピーターとアスランが握手《あくしゅ》をしていた。ピーターは、すっかり印象《いんしょう》が変《か》わっていた。顔からは血《ち》の気《け》が引き、とても厳《いか》めしく大人《おとな》びた顔つきになっていた。

「アスラン、これはすべてエドマンドの手柄《てがら》なのです」と、ピーターが話していた。「エドマンドの働《はたら》きがなかったら、ぼくらは負けていたでしょう。魔女はわが軍を次から次へと石に変《か》えていきました。でも、エドマンドは少しもひるまなかった。エドマンドは人食《ひとく》い鬼《おに》を三匹《びき》やっつけて、魔女があなたのヒョウの片方《かたほう》を石に変えようとしているところへ斬《き》りこんでいったんです。魔女《まじょ》に近づいたエドマンドは、刀で魔法《まほう》の杖《つえ》をたたき切りました。それがよかったんです。もし魔女に正面から斬りかかっていたら、石像《せきぞう》にされておしまいだったと思います。ほかの者たちは、みんなそれでやられたんです。魔法の杖が壊《こわ》れたあとは、ぼくらも多少は勢《いきお》いを盛《も》り返《かえ》しました。でも、それまでの犠牲《ぎせい》が多すぎて……。エドマンドも深傷《ふかで》を負いました。見に行ってやらないと」

エドマンドは戦線《せんせん》から少し離《はな》れた場所でミセス・ビーバーの手当てを受けていた。血まみれで、口が開いていて、顔は土気色《つちけいろ》をしていた。

「ルーシー、はやく」アスランが声をかけた。

そのとき初《はじ》めて、ルーシーはクリスマス・プレゼントにもらった貴重《きちょう》な薬酒《やくしゅ》のことを思い出した。手がぶるぶる震《ふる》えて栓《せん》を開けるのに手間取ったが、なんとか栓を開けてエドマンドの口に薬を数滴垂《すうてきた》らした。

「ほかにもけがをしている者たちがいる」エドマンドの蒼白《そうはく》な顔を一心にのぞきこんで薬酒が効《き》いたかどうか心配しているルーシーを、アスランがうながした。

YOUCHAN

「ええ、わかっています」ルーシーがちょっと不《ふ》きげんな声で返事をした。「少し待っていただけませんか」

「イヴの娘《むすめ》よ」アスランが厳《きび》しい声で言った。「ほかにも死にかけている者たちがいるのだ。エドマンドのために、このうえまだほかの者を死なせようというのか?」

「ごめんなさい、アスラン」ルーシーはそう言って立ち上がり、アスランについていった。それから三〇分のあいだ、ルーシーとアスランは忙《いそが》しく立《た》ち働《はたら》いた。ルーシーはけが人の手当てをし、アスランは石像《せきぞう》にされた者たちをよみがえらせた。

ようやく手のすいたルーシーがもどってきたとき、エドマンドはすでに自力で立ち上がり、傷《きず》も癒《い》えて、以前《いぜん》より(もう何年も前から見たことがないほど)元気になっていた。実際《じっさい》、例《れい》の最悪《さいあく》な学校に入れられた最初《さいしょ》の学期以来《いらい》(あの学校こそエドマンドの性格《せいかく》がひねくれた原因《げんいん》だった)、こんなに晴れ晴れとしたエドマンドは見たことがなかった。エドマンドは本来のエドマンドにもどり、相手の目をまっすぐ見ることのできる少年になっていた。アスランは戦場《せんじょう》においてエドマンドに騎士《きし》の称号《しょうごう》を授《さず》けた。

「エドマンドは知ってるの？」ルーシーは小さな声でスーザンに言った。「アスランがエドマンドのためにしたことを？　魔女《まじょ》との申し合わせがほんとうはどういうことだったのか、知ってるのかしら？」

「しっ！　もちろん知らないにきまってるわよ」スーザンが言った。

「知るべきじゃない？」ルーシーが言った。

「知らなくていいわよ」スーザンが言った。「ショックが大きすぎるもの。自分がエドマンドだったらどう思うか、考えてみたら？」

「それでもやっぱり、知るべきだと思うけど」ルーシーはそう言ったが、そこで会話に邪魔《じゃま》がはいり、話はそれきりになった。

その夜、アスランの軍団《ぐんだん》はそのまま戦場《せんじょう》で野営《やえい》した。全員に行きわたるだけの食料《しょくりょう》をアスランがどのように手配したのか知らないが、とにかく夜八時ごろには全員が草むらに腰《こし》をおろし、紅茶《こうちゃ》とサンドイッチのちゃんとした夕食を口にできた。翌日《よくじつ》、アスラン軍《ぐん》は大きな川ぞいに東へ下っていった。そして、その翌日、お茶の時間のころ、一行《いっこう》は河口《かこう》に到達《とうたつ》した。小さな丘《おか》の上にケア・パラヴェルの城《しろ》がそびえていた。

目の前には砂浜《すなはま》が広がり、磯《いそ》や小さな潮《しお》だまりもあって、海藻《かいそう》が波に揺《ゆ》れ、潮のかおりがして、青緑色の波が寄《よ》せてはくだける波打ちぎわがどこまでも続《つづ》いていた。それに、カモメの声！　読者諸君《しょくん》はカモメの声を聞いたことがあるだろうか？　カモメの声を思い出せるだろうか？

その晩《ばん》、お茶と軽食のあとで、四人の子どもたちはふたたび海岸まで下りていき、靴《くつ》と靴下《くつした》をぬいで、はだしで砂《すな》とたわむれた。翌日《よくじつ》は一転して厳粛《げんしゅく》な一日となった。ケア・パラヴェルの大広間――天井《てんじょう》は象牙《ぞうげ》張《ば》りで、西側《にしがわ》の壁《かべ》にはクジャクの羽根《はね》が飾《かざ》られ、東側の扉《とびら》が海に向かって開いているすばらしい空間――において、すべての友人が列席《れっせき》し、トランペットの音《ね》が高らかに響《ひび》く中で、アスランが粛々《しゅくしゅく》と四人に戴冠《たいかん》の儀《ぎ》をおこない、王座《おうざ》に導《みちび》いたのである。広間は「ピーター王、万歳《ばんざい》！」「スーザン女王、万歳！」「エドマンド王、万歳！」「ルーシー女王、万歳！」と、耳を聾《ろう》せんばかりの歓声《かんせい》に包《つつ》まれた。

「一度ナルニアの王座に就《つ》いた者は、終生ナルニアの王である。しかと胸《むね》に刻《きざ》んでおくがよい、アダムの息子《むすこ》たちよ！　しかと胸に刻んでおくがよい、イヴの娘《むすめ》たちよ！」アスランが声をかけた。

東に大きく開かれた扉《とびら》の外から人魚の歌声が聞こえてきた。男女の人魚が岸辺《きしべ》まで泳いできて、新しい王と女王の即位《そくい》を言祝《ことほ》いで歌を捧《ささ》げたのである。子どもたちは王座《おうざ》につき、王権《おうけん》を象徴《しょうちょう》する王笏《おうしゃく》を手にして、味方の全員に武勲《ぶくん》のほうびを与《あた》えた。その中には、フォーンのタムナス、ビーバー夫妻《ふさい》、巨人《きょじん》のランブルバフィン、二頭のヒョウ、味方についたケンタウロスたち、ドワーフたち、そして例《れい》のライオンがいた。その夜はケア・パラヴェルで盛大《せいだい》な祝宴《しゅくえん》が催《もよお》され、みなおおいに飲み、食い、歌い、踊《おど》り、金の飾《かざ》りがきらめき、ワインが注《そそ》がれ、広間で奏《かな》でられる音楽にこたえて海からもそれに負けない不思議《ふしぎ》な快《こころよ》い澄《す》んだ歌声が響《ひび》いた。

しかし、みなが歓喜《かんき》に酔《よ》いしれるなかで、アスラン自身はそっと宴《うたげ》の席《せき》をあとにした。アスランがいないことに気づいたとき、四人の王と女王たちはそのことについて何も言わなかった。前もって、ミスター・ビーバーから「アスランはいつの間にかやってきて、いつの間にかいなくなる」と聞いていたからだ。「きょうアスランの姿《すがた》を見かけたとしても、あすには姿が見えなくなるかもしれません。アスランは縛《しば》られるのが嫌《きら》いなのです。もちろん、ほかにも目配りをしなければならない国々があるし。だいじょうぶ、ときどきは姿《すがた》を見せてくれますから。ただ、アスランに無理強《むりじ》いすることはできません。アスランは野生ですから。飼《か》いならされたライオンとはちがうのです」

さて、そういうわけで、この物語はほぼ（完全《かんぜん》にではないが）終わりに近づいたことになる。二人の王と二人の女王はナルニアをよく治《おさ》め、その治世《ちせい》は長く続《つづ》き、幸せな時代であった。初《はじ》めのうちは、多くの時間が白い魔女《まじょ》の軍《ぐん》の残党狩《ざんとうが》りに費《つい》やされ、実際《じっさい》、長いあいだにわたって、辺境《へんきょう》の森で邪悪《じゃあく》な生き物がうろついているという報《ほう》告《こく》が聞かれた。どこそこで幽霊《ゆうれい》が出たとか、どこそこで殺害事件《さつがいじけん》が起こったとか。人《じん》狼《ろう》を見たという報告があったかと思えば、翌月《よくげつ》には鬼婆《おにばば》が出たという報告があったり。しかし、最後《さいご》にはいまわしい化け物どもは撲滅《ぼくめつ》された。四人の王と女王は正しい法《ほう》を定め、平和を守り、善良《ぜんりょう》な木々が不必要《ふひつよう》に切《き》り倒《たお》されるのを防《ふせ》ぎ、ドワーフやサタイアの子どもたちをつまらない学校から解放《かいほう》し、他人へのいらぬ世話焼《せわや》きや口出しをやめさせて、ナルニアを誰《だれ》もがそれぞれに楽しく生きられる国にした。北方から獰猛《どうもう》な巨人族《きょじんぞく》（ランブルバフィンとは大きく異《こと》なる種類《しゅるい》の巨人族）が国境《こっきょう》を越《こ》えて攻《せ》めてきたときには、これを撃退《げきたい》した。ナルニアは海のむこうの国々とも友好関係《ゆうこうかんけい》を結《むす》び、王や女王が国賓《こくひん》として彼《か》の地《ち》を訪問《ほうもん》したり、また相手国の王族を国賓としてナルニアに招《まね》いたりした。歳月《さいげつ》を重ねるにつれて、四人は成長《せいちょう》し変化《へんか》していった。ピーターは長身で胸板《むないた》の厚《あつ》いりっぱな戦士《せんし》となり、〈偉大《いだい》なるピーター王〉と呼《よ》ばれた。スーザンは背《せ》の高い優雅《ゆうが》な女性《じょせい》に成長し、黒髪《くろかみ》が足にとどくほど長くなり、海のかなたの国々の王たちは使者をよこしてスーザンに結婚《けっこん》を申しこむようになった。スーザンは〈優美《ゆうび》なるスーザン女王〉と呼ばれた。エドマンドはピーターよりもまじめで口数の少ない青年に成長し、会議《かいぎ》や裁判《さいばん》において高い能力《のうりょく》を発揮《はっき》した。エドマンドは〈心正《うらただ》しきエドマンド王〉と呼ばれるようになった。金髪《きんぱつ》のルーシーは長じても明るく陽気な性格《せいかく》は変《か》わらず、ほうぼうの国の王子たちがルーシーを王妃《おうひ》として迎《むか》えたいと望《のぞ》んだ。ナルニアの人々はルーシーのことを〈勇敢《ゆうかん》なるルーシー女王〉と呼んだ。

こうして四人はおおいなる歓《よろこ》びの日々を送り、こちらの世界の暮《く》らしを思い出すときがあったとしても、それはむかしに見た夢《ゆめ》を思い出すような感覚《かんかく》でしかなくなった。そして、ある年、タムナス（すっかり中年のフォーンになって、体形がずんぐりしてきた）が川を下ってやってきて、タムナスの住んでいるあたりにまた白シカが姿《すがた》を見せたという知らせを届《とど》けた。白シカをとらえれば望《のぞ》みをかなえてもらえると言われていたので、二人の王と二人の女王は宮廷《きゅうてい》のおもだった者たちを連《つ》れて馬にまたがり、角笛《つのぶえ》を持ち、猟犬《りょうけん》たちを連れて、白シカを追って〈西方の森〉へ狩《か》りに出た。じきに白シカが姿を見せた。一行《いっこう》は白シカを追って丘《おか》や谷を越《こ》え、木立《こだ》ちや草原を駆《か》けつづけたが、そのあいだに廷臣《ていしん》たちの馬はすべて疲《つか》れて落伍《らくご》し、王と女王の四人だけが狩りを続《つづ》けた。やがて、白シカは馬では進めない森の深いしげみにはいってしまった。ピーター王がほかの三人に声をかけた（長い歳月《さいげつ》を王や女王として暮《く》らしたので、彼《かれ》らの話しぶりはずいぶんと変《か》わった調子になっていた）。「かたがた、ここで下馬《げば》いたし、これより先は徒歩《かち》にてシカを追うことといたしましょう。わが生《しょう》涯《がい》において、かくも高貴《こうき》なる獲物《えもの》を狩ったためしはありませぬゆえ」

「御意《ぎょい》」ほかの三人が返事をした。「されば、仰《おお》せのように」

そこで四人は馬から下り、手綱《たづな》を木に結《むす》び、深くしげった森へ徒歩《とほ》ではいっていった。すぐにスーザン女王が声をあげた。

「みなさまがた、かなたに異《い》なるものが……。どうやら鉄でできた木のごとくに見受けまするが」

「いかにも」エドマンド王がこたえた。「されど、目を凝《こ》らして見ますれば、あれは鉄の柱の上にランタンを載《の》せたものと見受けまする」

「ライオンのたてがみにかけて、なんと不可思議《ふかしぎ》なる代物《しろもの》よ」ピーター王が言った。

「かくも木々の繁《しげ》きところ、木々の高く茂《しげ》りおる場所に、ランタンを置《お》くとは。たとえ火をともしたとしても、これでは誰《だれ》の目にも届《とど》かぬではないか!」

「兄上」ルーシー女王が口を開いた。「おそらくは、この柱とランプがここに据《す》えられし折《お》りには、あたりの木々が小さく、あるいは少なく、あるいは皆無《かいむ》であったのかもしれませぬ。この森はいまだ若《わか》くして、しかるに鉄の柱はずいぶん古いものと見受けまするがゆえ」四人は鉄柱の上にのったランプをしばらく見つめていた。そのとき、エドマンド王が口を開いた。

「何ゆえかわかりませぬが、この鉄柱にのせたるランプは、わが心に不思議《ふしぎ》な働《はたら》きをおよぼしまする。このようなものをいつぞや見たことがあるような気がしてなりませぬ。夢《ゆめ》の中であったような……いや、夢のまた夢であったような」

「いかにも」残《のこ》りの三人が答えた。「わが胸中《きょうちゅう》にも同じ思いが」

「それだけではござりませぬ」ルーシー女王が言った。「わが胸中に、なぜか振《ふ》り払《はら》うことのできぬ思いが……。この柱とランタンを越《こ》して先へ進めば、不思議《ふしぎ》な冒険《ぼうけん》を見出《みいだ》すか、はたまた運命のおおいなる変化《へんか》が起こらんとするやに存《ぞん》じます」

「さよう」エドマンド王が言った。「わが胸《むね》にも、同様なる胸騒《むなさわ》ぎが」

「弟王よ、わが胸にも同じく」ピーター王が言った。

「そして、わが胸にも」スーザン女王が言った。「しからば、すみやかに馬にもどりて、これ以上《いじょう》の深追いは見合わせるのが賢明《けんめい》ではござりませぬか」

「お言葉だが」ピーター王が口を開いた。「されば、わたくしはこれにてお暇《いとま》をいただきたく。われら四人がナルニアの王となりて今日《こんにち》まで、戦《いくさ》にせよ、冒険の旅にせよ、武芸《ぶげい》にせよ、正義《せいぎ》の裁《さば》きにせよ、何事であれいったん重要《じゅうよう》なことがらに着手したからには、結果《けっか》を得《え》ずして中途《ちゅうと》であきらめたことはござりませぬ。

われらは、着手した以上《いじょう》、何ごとによらず成《な》しとげてまいったではございませぬか」

「姉上」ルーシー女王が言った。「兄上のおっしゃるとおりです。これほどの高貴《こうき》なる獲物《えもの》を、恐《おそ》れや胸騒《むなさわ》ぎを理由にあきらめるとあらば、われらが名折《なお》れと存《ぞん》じまする」

「わたくしも同意見にござります」エドマンド王が言った。「この胸騒ぎがいかなる意味を有するものなるかを、わたくしはぜひとも明らかにしとう存じます。ナルニア全土とすべての島々における最高《さいこう》の宝石《ほうせき》を引《ひ》き換《か》えにと言われても、ここでおめおめと引き下がるわけにはまいりませぬ」

「しからば、アスランの名にかけて」スーザン女王が言った。「皆々様《みなみなさま》がさように申されるならば、ともども先へ進み、ふりかかる冒険《ぼうけん》を受けて立ちましょうぞ」

そこで四人の王と女王はしげみに分け入り、二〇歩も進まないうちに、さきほど見たものは「街灯《がいとう》」という名前だったことを思い出した。そして、さらに二〇歩も進まないうちに、自分たちが左右に分けて進んでいるものが木々の枝《えだ》ではなく、毛皮のコートであることに気づいた。次の瞬間《しゅんかん》、四人は衣装《いしょう》だんすの扉《とびら》からがらんとした空《あ》き部屋へ転がり出ていた。そして四人はもはや狩《か》りの装《よそお》いに身を包《つつ》んだ王や女

王ではなく、以前《いぜん》の服を着たピーターとスーザンとエドマンドとルーシーだった。しかも、いまは四人が衣装《いしょう》だんすに隠《かく》れたのと同じ日、同じ時刻《じこく》だった。廊下《ろうか》では家政婦《せいふ》のマクレディさんと見学の人たちの話し声がしていたが、さいわい一行《いっこう》は空き部屋にはいってこなかったので、四人は見つからずにすんだ。

　これで物語は終わるところだが、ただ、四人はどうしても衣装だんすの中からコートが四着なくなっている理由を教授《きょうじゅ》に説明《せつめい》しなければならないと考えた。教授はたいへん非凡《ひぼん》な人物だったので、子どもたちの話を馬鹿《ばか》げていると一笑《いっしょう》に付《ふ》したりうそをつくなと叱《しか》ったりすることなく、すべての話に耳を傾《かたむ》け、信《しん》じてくれた。「いや、コートを取りにもういちど衣装だんすからむこうの世界へもどろうとする考えには賛《さん》成《せい》しかねる」と教授は言った。「そのルートからは、もう二度とナルニアにはいることはできないだろう。それに、たとえ取りもどしたとしても、もうコートは使い物にならんだろう！　え？　何だって？　ああ、もちろん、いつかまたナルニアにもどる日は来るだろう。一度ナルニアの王座《おうざ》に就《つ》いた者は、終生《しゅうせい》ナルニアの王なのだからね。しかし、同じルートをもう一度使おうと考えてはいけない。というより、自分からナルニアへ行こうとしてはならない。ナルニアにもどるチャンスは、思ってもみないときにやってくるものだ。それからもうひとつ、きみたちきょうだいのあいだでも、ナルニアのことはあまり話題にしないほうがよろしい。ほかの人にも、話をしないように。その人たちが同じ冒険《ぼうけん》をしてきたことがはっきりしている場合は別《べつ》だがね。なんだって？　どうしたらわかるか、って？　ああ、それはちゃんとわかるよ。そういう人たちは風変《ふうが》わりなことを言うからね。それに、見た目も変《か》わっている。だから、おのずから秘密《ひみつ》があらわれてしまうのだ。目をよく開いて見ていなさい。まったく、いまの学校は生徒《せいと》に何を教えておるのかね」

これで、衣装《いしょう》だんすの冒険物語は終わりだが、教授《きょうじゅ》の言うことが正しいとすれば、これはナルニアの冒険物語のほんの始まり、ということになる。

# 解説

芦田川 祐子
（文教大学文学部准教授）

『ライオンと魔女と衣装だんす』は、おそらく『ナルニア国物語』全七巻中で最も有名なものであり、二〇〇五年のディズニー映画化によって、よりよく知られるようになった。原書（一九五〇年）はシリーズで最初に出版されたが、物語中の出来事を年代順に並べると第二巻にくる。今回は原題（*The Lion, the Witch and the Wardrobe*）の「衣装だんす」まで含めた訳題となり、題名が言及するものの重要性により目が向きやすくなった。作者C・S・ルイスの生涯や社会と『ナルニア国物語』の関わりについては、第一巻『魔術師のおい』の解説で網羅されているので、ここでは『ライオンと魔女と衣装だんす』を中心に、このタイトルを手がかりとして物語の魅力を探っていきたい。

ライオン

ライオンのアスランは、『ナルニア国物語』七巻すべてに登場する王で、「大海原のかなたの大帝」の息子とされる。ナルニアの創造主であり、別世界の人間たちにも影響を及ぼす、恐ろしいが善い存在の獣である。アスランは言葉を話すが、眼差しだけで自らの意図を伝えたり、人が口に出さないことまでくみとってくれたりもする。こうした心の通い合いが、物語を印象的なものにしている。

ナルニアには、アスランを頭に、人間が王位に就いて国を治め、その下に「もの言うけもの」と一般の人間、さらに下に「もの言わぬけもの」が位置するという階層秩序がある。しかし興味深いのは、実はアスランも至上の存在というわけではなく、父である「大海原のかなたの大帝」や古い魔法の掟に従っているということだ。大帝は物語中で言及されるだけで登場せず、その上にさらに誰かがいるのかどうかはわからない。個々の人間や動物の意図だけで世界が動くのではなく、アスランや大帝を通じてより大きな規則がはたらいているようにも思われる。このような（果てしないかもしれない）階層構造はシリーズの核をなし、最終巻『最後の戦い』では世界や物語の構造にまで及んでいることが判明するのだ。

アスランについて語る時、特に『ライオンと魔女と衣装だんす』では、キリスト教との関連を避けて通れないだろう。アスランが裏切り者エドマンドの身代わりに魔女に処刑され、よみがえるという流れは、神の子イエスが弟子の裏切りにあい、磔《はりつけ》にされて復活するまでをなぞっている。作者ルイスがキリスト教弁証家として有名なこともあり、聖書の物語を子ども向けに書き直したに過ぎないという批判もなされている。実際、ある英国人が「幼い頃は面白く読んでいたが、キリストの話と同じであることに気づいて、だまされたような気になった」と言うのを耳にしたことがある。『ナルニア国物語』のキリスト教的な要素は、「アダムの息子」「イヴの娘」という人間の呼称に表れている一方で、聖書に親しんでいなければ気づかない点もあり、知らないうちに刷り込みを行うのは卑怯だという考え方があるのかもしれない。他方で、私の接する日本人学生たちのように、そもそもキリスト教になじみがないためアスランとキリストを重ねて読むこともなく、類似を知ってかえって面白がる読者もいるにちがいない。昔から、文学は人に楽しみと教訓を与えるとされているが、近現代の児童文学においては、「教訓」が強いとみなされれば批判を浴びる傾向があり、あからさまな寓話は敬遠されるものだ。

もちろん、キリスト教の物語というだけに還元しきれない要素が『ナルニア国物語』にはある。ルイス自身は『ナルニア国物語』を「フェアリー・テール」と呼び、「フェアリー・テールについて」というエッセイで、以下のように述べている。

ある人々は私がまず、どうしたらキリスト教について子どもに話してやれるかと自問し、それからフェアリー・テールをその手段として用いることに決めたのだと考えるようです。［中略］私はそんな方法ではまったく書けませんでした。すべてはイメージで始まりました。傘を持って歩いているフォーン、橇に乗った女王、威風あたりを払うライオン。最初はキリスト教的なところさえ、なかったのです。そうした要素は、ひとりでに入りこみました（『別世界にて』六四ページ。引用文献については文末にまとめてある）。

作者の言葉をまるまる信じる必要はないが、キリスト教的要素は自然に入りこんだものであり、当初の物語の枠組みではなかったという主張だ。『ライオンと魔女と衣装だんす』では、クリスマスにサンタクロースが訪れる一方で、フォーンやニンフ、ケンタウロスなどのギリシア・ローマ神話に出てくる生きものたちや、巨人とドワーフ、ユニコーン、鬼婆と人狼などの伝説上の生きものが登場し、謎めいた「いにしえの魔法」の儀式が展開される。このごた混ぜぶりが批判されることもあるが、まさにナルニアの自由な感じが表れているのではなかろうか。『ナルニア国物語』をキリスト教の物語と片づけるのは、「おとぎ話は共通の構造をもつからどれも同じだ」というような乱暴な論に思われる。

とはいえ、ナルニアがおとぎ話（フェアリー・テール）の世界であり、物語の原型というべきものを備えているのも確かである。たとえば、世界や主人公に何らかの欠如や欠陥があり、それが満たされて終わるというパターンだ。『ライオンと魔女と衣装だんす』では、白い魔女に支配された冬のナルニアが、子どもたちとアスランの訪れで春を迎え、ひねくれた子だったエドマンドは、本来の自分を取り戻す。J・R・R・トールキンは、「妖精物語《フェアリー・ストーリー》とは何か」という評論で、妖精物語の核は「幸せな大詰め」にあると述べている（『妖精物語について』一三八ページ）。悲しみや失敗が不意に「好転」する喜びは、「突然の、奇跡的な恩恵」であり、キリストの死と復活の物語にも見られるもので、根源的な要素だといってもよい。また、『ライオンと魔女と衣装だんす』をはじめ『ナルニア国物語』のほとんどの巻では、人間の子どもたちが別世界と人間界を行き来し、瀬田貞二氏いうところの「行きて帰りし物語」（『幼い子の文学』六ページ）のパターンに当てはまる。大抵は、行って帰ってくる間に成長を遂げているのである。その他、「予言の実現」（ルイス『別世界にて』三二ページ）というパターンの物語でもある。ナルニアでは、ケア・パラヴェルの四つの王座が埋まった時に白い魔女の支配が終わるという予言があり、魔女もそれを知っていて防ごうとするが、結局そのとおりになるのだ。

それでは、こういった物語の構造に還元し得ないものとは何だろうか。個性的な登場人物（動物）や、世界の風味ともいうべきものが挙げられる。ルイスは「物語について」というエッセイの中で、波瀾万丈の小説とされる『三銃士』について、「雰囲気の描写がまったく欠けていることが、私を反撥させる」と述べ、物語を愛するのは興奮を愛することと同義ではないと示唆している（『別世界にて』一九ページ）。ルイスの考える優れた散文の物語は、読者に「想像次元《イマジナティヴ・ライフ》の生活を媒介」し、そうした物語の筋は、「ある状態、もしくは性質といったもの」、たとえば「巨人らしさ、人間と質の異なるものの感じ、漠たる空間の印象」を捉える網に過ぎない（三六―三七ページ）というのだ。『ナルニア国物語』には五感を刺激する情景描写がたくさんあり、読者を「想像次元の生活」へと誘う。たとえば『ライオンと魔女と衣装だんす』でエドマンドが見る、春の訪れの描写は以下のようなものである。

すでに霧はあとかたもなく晴れ、空はますます青くすみわたり、白い雲がすいすいと流れていった。林間の空き地にはサクラソウが咲き乱れ、そよ風が木々の枝先を揺らして雪どけのしずくを払い、エドマンドたちのもとへさわやかな香りを運んできた。［中略］木々の下を歩くエドマンドたちに緑の光が降りそそいだ。三人の行く手をミツバチが横切った（一七〇ページ）。

それまでの雪に閉ざされた世界から、空も地面も鮮やかに彩られる景色を目にし、すがすがしい空気と生命の音に触れたエドマンドの、弾む心が感じられるようだ。『ライオンと魔女と衣装だんす』では、食べ物も重要な役割を果たしている。タムナスさんがルーシーに振る舞う「お茶」や、ビーバー夫妻の昼食のごちそうなど、別世界ナルニアの食事も基本は英国風であるが、異彩を放つのは、魔女がエドマンドを誘惑するのに使う「ターキッシュ・デライト」である。実のところ、『ナルニア国物語』の新訳が出ると聞いて一つの関心事になっていたのが、このお菓子の名前がどうなるかという問題だった。瀬田貞二訳では、日本の読者になじみがないという配慮から「プリン」に置き換えられ、「訳者あとがき」でその旨の断り書きがついていたが、魔女の食物が「ターキッシュ・デライト」であるか「プリン」であるかというのは、物語世界の雰囲気をずいぶん変えるのではなかろうか。「ターキッシュ・デライト」が今は日本で知られているかというと、それほどでもないような気はするが、何やら得体の知れないところが効果的ともいえるかもしれない。ナルニアでエドマンドが夢中で食べたのは魔法の効果だった証か、英国で「ターキッシュ・デライト」を買ったという友人は、「そんなにおいしくない」とがっかりしていた（ちなみに私が食したトルコの「ロクム」は、小さく四角い硬めのゼリーに白い粉がまぶされたような、「ゆべし」に似た食感で、素朴な感じのお菓子だった）。

## 魔女

アスランの対極に立つ悪役の白い魔女は、『魔術師のおい』で永遠の若さを不法に手に入れたジェイディスである。『魔術師のおい』では、ナルニアを守るリンゴの木がある限り魔女はナルニアに近づかないとされていたが、数百年のうちにこの木は寿命を迎えたのだろう。ビーバー夫妻の話では、ジェイディスは人間ではなく、アダムの最初の妻リリスと巨人の血を引いている。人間でないためナルニアの正統な女王にはなれず、人間のようには善悪の二面性がない存在で、「骨の髄まで悪魔」だというのだ（一一五ページ）。とはいえ、「いにしえの魔法」や「大海原のかなたの大帝」の定めには従わざるを得ない様子で、世界の秩序に組みこまれている。つまり魔女の悪は支配欲と冷酷さとして表れ、アスランと子どもたちやナルニア国民の善を引き立てているのだ。『ライオンと魔女と衣装だんす』では、冬から雪が解けて春に向かう喜びが、悪の支配の終わりと自然に響き合っている。

魔女は『ナルニア国物語』の他の巻にも登場し、強くて美しく格式のある敵だといってもよい。一時なりとも魅了される者もいるが、魔女は冷酷な女王様気質で他人を利用するだけである。『ライオンと魔女と衣装だんす』でその手に落ちるエドマンドは、ひねくれた子として登場し、ターキッシュ・デライトで釣られて魔女に従う中で、改心してアスランの側につき、きょうだいと仲直りする。転機となったのが、クリスマスパーティー中の生きものたちを魔女が石に変えようとしたところで、「この物語の中で初めて、エドマンドは自分以外の者に対してあわれみの感情を抱」き、魔女を止めようとするのだ（一六五ページ）。エドマンドが「本来のエドマンドにもどり」（二五一ページ）良い子になったのは、魔女のおかげともいえる。

## 衣装だんす

衣装だんすは、別世界への通路であるとともに、『魔術師のおい』と『ライオンと魔女と衣装だんす』の物語をつなぐ役割も果たしている。ファンタジーにおける別世界への移動手段は、空を飛ぶことだったり乗り物に乗ることだったり扉を開くことだったりといろいろあるが、もはや「衣装だんす」といえばナルニア、というくらい有名だ。もっとも『ナルニア国物語』でも、人間界からナルニアへの行き方は巻ごとに異なっている。『魔術師のおい』では魔法の指輪をはめて池に飛びこんだので、指輪を使えば世界の移動ができることがわかっているが、『ライオンと魔女と衣装だんす』のナルニアには常に行けるわけではない。時には衣装だんすに入っても背板にぶつかるだけだったりして、世の中が人間の都合で動いているわけではないと思い知らされる。

衣装だんすというのは、部屋の中にありながら、ある程度の大きさの独立した空間を構成しているものである。扉を閉めると明かりもなく、手探りで進むうちに異世界に入りこんでしまうのもわかる気がする。『ライオンと魔女と衣装だんす』では、扉を閉めきるのは愚かだと何度も書かれているのが興味深い。ルーシーは初めて入る時も二度目に入る時もわざと扉を開けておくし（一五、一七、四三ページ）、ピーターも「まともな人間なら誰だって衣装だんすに閉じこめられるような愚行はけっして犯さない」（七八ページ）ことを承知しているが、エドマンドはそれを忘れてぴっちり閉めてしまうのだ（四四ページ）。読者がナルニアを探そうとして衣装だんすに閉じこめられたりしないようにという配慮かもしれないが、「まともな人間」はナルニアと人間界の間を風通しよくしておくものだ、という暗示にもとれる。

『魔術師のおい』から続けて読むと、ナルニアの守り木を親とするリンゴの木からこの衣装だんすができていることがわかり、魔法の力があることにも納得がいく。また、ルーシーがナルニアで目にした街灯の由来や、教授がナルニアの話に理解を示す理由ものみこめるだろう。『ライオンと魔女と衣装だんす』で何気なく書かれていることも、他の巻とあわせて読むと背景の深さを感じさせられ、発見や重層的な読みの楽しみが味わえる。

ここまでは、『ライオンと魔女と衣装だんす』というタイトルのそれぞれの要素を中心に、物語の重要ポイントと思われるものをいくつか挙げてきた。以降はもっと個人的に、『ナルニア国物語』の楽しみを説くことにしよう。

## とあるファンの証言

高橋源一郎氏が「いまさらですが、わたしも『ナルニア』ファンです」(『いざとなりゃ本ぐらい読むわよ』所収)というエッセイで、『ナルニア国物語』の面白さを論じている。時々『ライオンと魔女』を開くと、最初の章のタイトルからジーンときて、自動的に七巻目まで読んでしまうので、忙しい時に開くのは危険なのだ、とナルニア愛を語った後、面白さの五つのポイントを挙げている。全文引き写しておきたいくらいだが、かいつまんでいうと次のとおりである。

①アスランがカッコいい（主人公が魅力的）
②「悪」の部分が生き生きと描かれている
③描写がうまい
④名脇役がいる
⑤ラストが感動的

これらすべてについて、「少年（少女）文学だけの問題じゃない」と言い添えられていて、同感である。『ナルニア国物語』には面白い小説の性質が備わっており、「世紀末を生きる作家たちへのヒントの書」でもある、とまとめた後で、「でも、ジョージ・マクドナルドはもっとすごいけど」（五六ページ）というのが締めの一文である。マクドナルドはルイスに影響を与えた作家として知られ、私はかなり大きくなってから読んだが、確かに神がかり的な作品がある。ナルニアの世界からさらに別世界を旅してみたくなったら、（未踏の方は）そちらに向かうとよいだろう。

## 別のファンの証言

「別のファン」というのは私のことであり、最後にごく個人的な感想を述べておきたい。物心ついた時から家には『ナルニア国物語』のハードカバーがあって（正確にいうと最初はなぜか『朝びらき丸　東の海へ』『銀のいす』『魔術師のおい』の三冊だけあり、しばらくして残りの四冊が加わった）、ちょくちょく読みながら育ったので、ナルニアのシリーズから学んだ言葉もたくさんある。いつか原文で理解できるようになりたいと思って英語を学び、英文科に進んだ末わかったのは、どんな言語の作品であろうと「完璧に理解する」ことなどできないということだった。読む人によって解釈が異なるし、同じ読者でも読む時期によって異なるのだ。だからといって理解することをあきらめるのではなく、だからこそ読み続ける意義があると考えたい。そして、（当たり前ではあるが）好みや価値判断は人それぞれであることもわかった。『ナルニア国物語』がまったく欠点のない世界最高の作品だと主張する気はないが、欠点を補って余りある長所をもつと私には思えるのだ。

私が『ナルニア国物語』を好きな理由はと考えてみると、もちろん別世界の空気を感じさせてくれることや魅力的な登場人物がいることも大きいが、語りのちょっとしたユーモアや真理の味わいが挙げられる。たとえば、ルーシーが訪れたタムナス宅の本棚には、『人間と修道士と森番――民間伝承の一考察』とか『人間は神話か?』というような本がある。人間にとってはフォーンが神話上の生きものでも、フォーンからすれば逆であり、彼らの分け方ではどうやら、修道士と森番は「人間」とは別物のようなのが微笑を誘うではないか。また、自分の作ったダムの前で「つつましい表情」をうかべるミスター・ビーバーの描写で、「自分の丹精した庭を案内するときや、自分が書いた物語を読み聞かせるときに人がよく顔にうかべる、あの表情」(九九ページ)とあるのはよくわかる気がするし、スーザンが礼儀としてそのダムをほめると、その時ばかりは「しーっ!」と言われない、というくだりも心温まる。さらに、石像にされていた生きものたちがよみがえった後、「みんなをきちんと整列させるのにいちばんアスランの役に立ったのは、大きな牧羊犬だった」(二四四ページ)とさりげなく付け加えられた一節では、生きものたちがヒツジ扱いされている様子を想像してくすりと笑える。

明るいことばかりではなく、きょうだいの確執や、アスランの死に接したスーザンとルーシーのみじめな気もち、大いに泣いた後に訪れる「ある種の静謐な時間」(二二〇ページ）なども、実感できるような気がする。これはひょっとすると、先にあった体験が読書で呼び起こされたのではなく、『ナルニア国物語』を読んで育ったがために実生活で体感したことでもあるのかもしれないが。

物語の主人公ともいえる子どもたち、特に『ライオンと魔女と衣装だんす』の四きょうだいの個性はうまく書き分けられている。たとえば教授の屋敷に着いた夜、そこらにいそうな動物の名をみんなで挙げるが、それらは見事に各自の性格を象徴するようなものである。ピーターはワシ、雄ジカ、タカなど王者の風格のあるもの、ルーシーはアナグマ（ナルニアでは誠実な生きものとされる）、エドマンドは狡猾なイメージのキツネ、スーザンは臆病とされるウサギ、などと読み取れる（一三ページ）。また、学校について否定的な観点を提供しているのも（実際は私にとって、学校とは行くべきものであって、肯定や否定の対象ではなかったのだが）、自由への憧れとして共感できた。教授の口癖は「いまの学校は生徒に何を教えておるのかね」だし、ナルニアではドワーフやサタイアの子どもたちが「つまらない学校から解放」（二五五ページ）されたとある。さらに、そもそもエドマンドがひねくれたのは「最悪な学校」のせいだった（二五一ページ）、とさえ述べられている。

これらすべてを述べる語り口の安定感も、大きな魅力だと感じる。『ナルニア国物語』の語り手は概して物語をよくコントロールしていて、全知とはいわないまでも、多くの登場人物の知り得ないことを語ってくれたり、ビーバー一行とエドマンド一行の旅のように、時間と場面を行きつ戻りつして語ったりする。この語りの安心感と、物語に流れる善と幸福への希望が、世の中に対する信頼の土台を形作ったように思うのだ。悪も存在するが善に勝つことはなく、自分で自分を愚かにする者以外は幸せに向かうという世界観は、安心を与えてくれるものであった。そして今読むと、そんな子ども時代を思い出して郷愁に浸ったりもする。

『ライオンと魔女と衣装だんす』の作者の献辞では、子どもはいったんおとぎ話を読むような年齢ではなくなるだろうけれど、「いつか、もっと大人になったときに、ふたたびおとぎ話を読む日が来るかもしれない」と書かれている。私自身にはおとぎ話中断期はなかったように思うが、幼い頃は気づかなかったことに今気づいてより楽しめるということが確かにある。翻訳もそこに一役買っていて、訳ごとに別の物語のようでもあり、原文で読むのとはまた違った角度から眺めることができるものだ。この新訳を読みながら、まるで初めて『ナルニア国物語』を体験しているように、物語の新鮮な楽しさを味わうことができた。文字で書かれた作品がドラマや映画になるだけでなく、翻訳が複数出て、物語の世界が広がっていくのは意義深いことであり、ナルニアでの新たな冒険が続いていくのは、一ファンとしてうれしいことである。

引用文献

瀬田貞二『幼い子の文学』中公新書、一九八〇年
高橋源一郎『いざとなりゃ本ぐらい読むわよ』朝日新聞社、一九九七年
トールキン、J・R・R『妖精物語について――ファンタジーの世界』猪熊葉子訳、評論社、二〇〇三年
ルイス、C・S『別世界にて――エッセー／物語／手紙』中村妙子訳、みすず書房、一九九一年

# C・S・ルイス年譜

一八九八年
一一月二九日、北アイルランドのベルファスト市に生まれる。父アルバート・ジェイムズ・ルイスは事務弁護士、母フローレンス・オーガスタ・ハミルトン・ルイスは牧師の娘で、当時の女性としてはめずらしく、ベルファスト市のクイーンズ・カレッジで大学教育を受けていた。

一九〇二年　三歳
自身のファースト・ネームおよびミドル・ネームを嫌ったルイスは、家族に自分を「ジャクシー」と呼ぶように求め、他の名前で呼ばれても返事をしなくなる。これ以降、家族と友人は生涯彼を「ジャック」と呼ぶ。服を着た動物が登場する物語を好んで読む。この頃、兄ウォレンとの共作の物語「動物の国」を創作する。

一九〇八年　九歳
八月二三日、母フローレンス、癌により死去。
九月、兄と同じイングランドのハートフォードシャーにあるウィニヤード校に入学。当初、「まわりから聞こえてくるイングランド訛りがまるで悪魔の唸り声のよう」に聞こえ、イングランドの風景にも「嫌悪の情」を感じたという。(『喜びのおとずれ』)
元々アイルランド教会のプロテスタントであったが、イングランド国教会の教義に触れ、キリスト教に篤い信仰心をもつようになる。

一九一〇年　一一歳
夏、ウィニヤード校が廃校となる。ベルファスト市のキャンベル校に入学するも、病気により数カ月で退学。なお、キャンベル校は、イングランドの学校よりは肌に合った。

一九一一年　一二歳
一月、キャンベル校に不満をもっていた父の考えにより、イングランド西部のウスターシャーにある予備学校チェアバーグ校に入学。
この時期、イングランドの風景の美しさを発見する。妖精ものの小説を好んで読み、「いつも小妖精を心に思い描くようになり、そのためについに幻覚の未開地に迷い込む」こともあった(『喜びのおとずれ』)。徐々にキリスト教にたいする信仰を失う。

一九一三年　一四歳
チェアバーグ校近隣のパブリック・スクールの一つであるモルヴァーン・カレッジに入学。

一九一四年　一五歳
モルヴァーン・カレッジになじめず、退

学させてくれるよう父親に手紙で請う。

八月、イギリス、ドイツに宣戦布告。

九月、モルヴァーン・カレッジを退学。

父のかつての恩師であり、イングランドのサリー州在住のウィリアム・カークパトリック氏の自宅で個人指導を受けながら大学受験の準備をすることになる。

一九一六年　一七歳
一二月、オックスフォード大学奨学生試験を受験。ユニヴァーシティ・カレッジの奨学生に選ばれる。

一九一七年　一八歳
学位取得予備試験において数学で不合格となるが、四月からオックスフォード大学内に寄宿することを許可され、大学生活を開始。

オックスフォード大学のキーブル・カレッジに宿舎のある士官候補生大隊に召集され、パディ・ムーアと同室になる。

一一月、軽歩兵隊の少尉としてフランス戦線に出征。

この頃、ジョージ・マクドナルド（一八二四―一九〇五）の『ファンタステス』（一八五八）に夢中になる。

一九一八年　一九歳
二月、〈塹壕熱〉と呼ばれる熱病に罹る。
四月、味方の砲弾の破片に当たって重傷を負い、ロンドンの病院に送還される。
一一月、ロンドンで終戦を迎える。この頃からムーア夫人に愛情を抱くようになる。

一九一九年　二〇歳

オックスフォード大学に戻る。退役軍人に限り、学位取得予備試験が免除される決定が出され、以前に不合格であった数学の試験を免除されることになる。
三月、クライヴ・ハミルトン名義で第一次世界大戦での体験を謳った詩集『囚われの魂』を出版。

一九二〇年　二一歳
夏、ムーア夫人とその娘モーリーンとの共同生活を開始。

一九二二年　二三歳
八月、人文学学位取得試験に最優等の成績で合格。大学の研究職を得るのに苦労し、修学を一年延長して英文学を専攻することを決める。英文学の中では、トマス・ブラウン（一六〇五―一六八二）、ジョン・ダン（一五七二―一六三一）、ジョージ・ハーバート（一五九三―一六三三）の詩に陶酔する。

一九二三年　二四歳
英文学学位取得試験に優等の成績で合格。

一九二五年　二六歳
モードリン・カレッジの英語・英文学のフェロー（特別研究員）に選ばれる。

一九二六年　二七歳
オックスフォード大学の会議でJ・R・R・トールキンと出会う。
五月、ゼネラル・ストライキのため、イギリス社会は一時混乱に陥る。

一九二九年　三〇歳
父アルバート死去。

一九三〇年　三一歳

四月、陸軍軍人であった兄ウォレン帰英。七月、オックスフォード郊外の〈キルンズ荘〉でムーア夫人、その娘モーリーン、実兄ウォレンと同居生活を開始。この頃より、トールキンほか数名の友人がモードリン・カレッジのルイスの居室に集まり、〈インクリングズ〉の会が始まる。

一九三一年　三二歳

キリスト教への信仰を取り戻す。

一九三三年　三四歳

宗教的アレゴリー『天路逆行』出版。タイトルは、ジョン・バニヤン（一六二八―一六八八）の『天路歴程』（一六七八）をもじったもので、平凡な男ジョンが救われるまでを描く。

一九三六年　三七歳

五月、オヴィディウスからスペンサーにいたる恋愛詩を論じる最初の学問的著書『愛のアレゴリー――ヨーロッパ中世文学の伝統』出版。

一九三八年　三九歳

宇宙を舞台とするSFファンタジー『沈黙の惑星を離れて』出版。これは三部作で、続編が一九四三年、一九四五年に出版される。

一九三九年　四〇歳

九月、イギリス、ドイツに宣戦布告。

一九四〇年　四一歳

一〇月、宗教的著作『痛みの問題』出版。この世にはなぜ痛みと悪が存在するのか、という問題をめぐる考察。

一九四一年　四二歳

BBCラジオ放送の依頼で、キリスト教に関する放送講話を開始。放送は一回一五分で、一九四四年まで断続的に計二九回行われた。

キリスト教に関する知的に困難な問題を討議するための公開フォーラム、オックスフォード大学ソクラテス・クラブの創設に尽力（発足は一九四二年）。ルイスは会長に選任され、これ以降同クラブで多くの講演を行う。

一九四二年　四三歳

諷刺という手法を用いることによって神学的な問題に深く切り込む『悪魔の手紙』出版。ベストセラーとなり、スター的名声を得る。

七月、ジョン・ミルトン（一六〇八—一六七四）の『失楽園』（一六六七）を扱う『〈失楽園〉研究序説』、BBCの講話を収録した『放送講話』（のちに『キリスト教の精髄』に再収録）出版。

一九四五年　四六歳

七月、総選挙で労働党が大勝。アトリー労働党内閣発足。

一九四六年　四七歳

国民保健サービス法制定。

一九五〇年　五一歳

『ナルニア国物語』の第一作『ライオンと魔女と衣装だんす』出版。

一九五一年　五二歳

ムーア夫人死去。

オックスフォード大学詩学教授選任にお

いて、詩人・作家でもあるセシル・デイ・ルイス（一九〇四―一九七二）に敗れる。

『ナルニア国物語』の第二作『カスピアン王子』出版。

一九五二年　五三歳

以前から文通相手であった、ルイスの作品のファンのジョイ・デヴィッドマンと初めて会う。

BBC放送講話を編集した『キリスト教の精髄』、『ナルニア国物語』の第三作『ドーン・トレッダー号の航海』の出版。

一九五三年　五四歳

『ナルニア国物語』の第四作『銀の椅子』出版。

一九五四年　五五歳

『一六世紀英文学史』、『ナルニア国物語』の第五作『馬と少年』出版。

一一月、ケンブリッジ大学モードリン・カレッジに新設された中世・ルネサンス文学講座の初代教授に就任。これ以降、学期中はケンブリッジで、休暇と週末はオックスフォードのキルンズ荘で過ごす生活を送るようになる。

一九五五年　五六歳

九月、自叙伝『喜びのおとずれ』出版。

『ナルニア国物語』の第六作『魔術師のおい』出版。

一九五六年　五七歳

イギリス政府がジョイの滞在許可の更新を認めなかったため、四月、ジョイと書類上の結婚をして窮状を救う。ジョイの二人の息子は英国籍を得る。
『ナルニア国物語』の第七作『最後の戦い』、『愛はあまりにも若く』出版。

一九五七年　五八歳

『最後の戦い』によりカーネギー賞を受ける。
三月、骨癌で入院中のジョイと病室で結婚式を挙げる。

一九六〇年　六一歳

七月、ジョイ死去。

一九六一年　六二歳

妻ジョイの死をどのように受けとめたのかを記す『悲しみをみつめて』をN・W・クラーク名義で出版。
この頃より衰弱がひどくなる。

一九六三年

七月、心臓発作で一時危篤状態となる。
八月、ケンブリッジ大学に辞表を提出。
一一月二二日、死去。享年六三。

# 訳者あとがき

ナルニアの世界へ、ようこそ!

第二巻《かん》は『ライオンと魔女《まじょ》と衣装《いしょう》だんす』——ナルニア国物語のなかで最《もっと》も有名な作品であり、全七巻の中でルイスが最初《さいしょ》に書いた物語である。

物語の主人公ピーター、スーザン、エドマンド、ルーシーの四人きょうだいは、戦《せん》時中《じちゅう》の空襲《くうしゅう》を避《さ》けるためロンドン郊外《こうがい》の広大な屋敷《やしき》に疎開《そかい》させられ、屋敷の一室に置《お》かれている古風な衣装だんすを見つける。末娘《すえむすめ》のルーシーが衣装だんすにはいりこみ、中にかかってる毛皮のコートを分けて奥《おく》へ進んでいくと、そこは雪の降《ふ》る夜の森だった。奇妙《きみょう》なことに、奥深《おくぶか》い森の中なのにそこには街灯《がいとう》がともっており、ルーシーは街灯の光の下でフォーンと出会う(不思議《ふしぎ》な魔力《まりょく》を持つ衣装だんすの由来と、ナルニアの森の奥に街灯が立っている理由は、既刊《きかん》の第一巻『魔術師《まじゅつし》のおい』で語られている)。

ルーシーに続《つづ》いてエドマンドもナルニアの森にはいりこみ、白い魔女《まじょ》ジェイディスからもらった菓子《かし》「ターキッシュ・デライト」を食べて、心を支配《しはい》されてしまう。それから何日かたって、こんどは四人きょうだいがそろってナルニアの森にはいりこむのだが、エドマンドの裏切《うらぎ》りによって、きょうだいは命の危機《きき》にさらされる。危機を救《すく》うことができるのは、ナルニアにもどってきたアスランだけ。アスランはみずからの命にかえてきょうだいを、そしてナルニアの国を救おうとする——。

この作品は「ナルニア国物語」全七巻《かん》の中で最初《さいしょ》に映画化《えいが か》された作品であり、映画からナルニアの世界へはいりこんだナルニア・ファンも多いと思う。映画もナルニア国での冒険《ぼうけん》をたいへん魅力的《みりょくてき》に描《えが》いてはいるが、ルイスがあふれるほどの創作《そうさく》アイデアを注ぎこんで書いた原作のすみからすみまでを映像化《えいぞうか》するのは、やはり二時間という時間枠《じかんわく》の中では不可能《ふかのう》なことだ。ナルニアの自然《しぜん》、ナルニアのおきて、主人公たちの心の動き、〈もの言うけもの〉や神話の生き物たちの生態《せいたい》など、映画よりもはるかにきめ細かく描かれている原作を文字で読む楽しみを、映画《えいが》ファンのみなさんにも、ぜひ、今回の新訳《しんやく》で味わっていただきたいと思っている。少年少女の読者にも読みやすいように、小学校四年生以上《いじょう》の漢字にはルビを振《ふ》っておいた。ルビは各《かく》ページの初出《しょしゅつ》時につけてある。

『ナルニア国物語』の日本語版《にほんごばん》は、これまで岩波書店から出版《しゅっぱん》されており（瀬田貞《せたてい》二訳《じやく》）、全七巻《かん》は次の順序《じゅんじょ》で並《なら》べられていた。

『ライオンと魔女《まじょ》』*The Lion, the Witch and the Wardrobe*（一九五〇）
『カスピアン王子のつのぶえ』*Prince Caspian*（一九五一）
『朝びらき丸　東の海へ』*The Voyage of the Dawn Treader*（一九五二）
『銀のいす』*The Silver Chair*（一九五三）
『馬と少年』*The Horse and His Boy*（一九五四）
『魔術師《まじゅつし》のおい』*The Magician's Nephew*（一九五五）

『さいごの戦《たたか》い』*The Last Battle*（一九五六）

カッコ内にそれぞれの原書の出版年《しゅっぱんねん》を記《しる》したが、つまり、この並《なら》べかたは原書の刊行順《かんこうじゅん》ということになる。

一方、今回の翻訳《ほんやく》で使用したHarperCollins Publishers版《ばん》では、作品が次の順で並んでいる（邦題《ほうだい》は光文社古典新訳文庫《こてんしんやくぶんこ》でのタイトル）。

『魔術師《まじゅつし》のおい』*The Magician's Nephew*
『ライオンと魔女《まじょ》と衣装《いしょう》だんす』*The Lion, the Witch and the Wardrobe*
『馬と少年』*The Horse and His Boy*
『カスピアン王子』*Prince Caspian*
『ドーン・トレッダー号の航海《こうかい》』*The Voyage of the Dawn Treader*
『銀の椅子《いす》』*The Silver Chair*
『最後《さいご》の戦い』*The Last Battle*

これは「ナルニア国物語」作品中の時系列《じけいれつ》にそった並《なら》べかたで、第一巻《かん》でナルニア国が誕生《たんじょう》し、第七巻でナルニア国が終焉《しゅうえん》を迎《むか》えることになる。このほうが作品全体を通して理解《りかい》しやすいし、何よりも著者《ちょしゃ》C・S・ルイス自身がこの順番《じゅんばん》で七巻の作品が読まれるよう希望《きぼう》していたことから、現在《げんざい》、欧米《おうべい》で出版《しゅっぱん》されている『ナルニア国物語』はこの時系列順の並べかたが標準《ひょうじゅん》となっている。今回の新訳《しんやく》に際《さい》しても、この並べかたを採用《さいよう》することとした。

今回の新訳で、既存《きそん》の瀬田貞二《せたていじ》氏による訳から大きく変更《へんこう》したのは、「ターキッシュ・デライト」である。これは五三ページの訳注《やくちゅう》にもあるように、トルコ（欧米文化圏《ぶんかけん》から見れば、エキゾチックな印象《いんしょう》があるのだろう）原産《げんさん》のお菓子《かし》で、「プリン」とはまったく別《べつ》のものなので、今回の新訳では、原書に忠実《ちゅうじつ》に「ターキッシュ・デライト」というそのままの名称《めいしょう》で登場させることにした。五〇年前に瀬田氏が翻訳《ほんやく》されたころとちがい、現代《げんだい》の読者は海外の知識《ちしき》が豊富《ほうふ》だし、インターネットで調べれば「ターキッシュ・デライト」の画像《がぞう》からレシピまで、細かく知ることができる。それどころか、日本にいながらにして「ターキッシュ・デライト」の現物《げんぶつ》を手に入れることさえ可能《かのう》な時代である。実際《じっさい》、この作品を翻訳《ほんやく》しているあいだに、訳者《やくしゃ》とイラストレーターのもとへ、研究熱心《ねっしん》な担当編集者《たんとうへんしゅうしゃ》から現物の「ターキッシュ・デライト」が送られてきた。味見してみたら、不思議《ふしぎ》にあとを引く甘《あま》さと嚙《か》みごたえで、このお菓子《かし》を食べはじめたらやめられなくなったエドマンドの気もちがよくわかった。本文と訳注《やくちゅう》がやけにリアリティに富《と》む文章になっているのも、巻末《かんまつ》の挿絵《さしえ》がとりわけおいしそうに見えるのも、そういう事情《じじょう》からである。

「ナルニア国物語」には、さまざまな神話の生き物が登場する。第二巻にはフォーンやサタイアやナイアスなどが登場する。フォーンは英語《えいご》で faun とつづり、ローマ神話の faunus のことなので、ほんとうは「ファウヌス」と訳すほうが適当《てきとう》なのかもしれないし、ルイスがこのフォーンにタムナスという名をつけたのも faunus と Tumnus の韻《いん》を踏《ふ》んでいることは容易《ようい》に想像《そうぞう》がつくのだが、困《こま》ったことに、日本語で

「ファウヌスのタムナス」と訳《やく》してみるとなんだか舌《した》を嚙《か》みそうなくどい発音になってしまうので、英語《えいご》読みの「フォーン」という訳語《やくご》を選択《せんたく》した。faunがフォーンであるのに、それとほとんど同じ姿《すがた》かたちのsatyr（ギリシア神話のサテュロス）だけをギリシア語読みの「サテュロス」とするのもちぐはぐな感じがするので、satyrも英語読みの「サタイア」と訳すことにした（もっと正確《せいかく》に英語の発音にならうならば、「セイター」または「サター」とするのがいちばん良《よ》いのだが）。ナイアス（naiad）やドリュアス（dryad）やケンタウロス（centaur）は、ギリシア神話やローマ神話に登場するそのままの呼称《こしょう》で登場させることにした。

新しい訳には新しい挿絵《さしえ》を、ということで、第一巻《かん》に引《ひ》き続《つづ》き、ナルニアの世界をこよなく愛《あい》するイラストレーターYOUCHAN（ユーチャン）さんに挿絵を描《えが》いていただいた。第二巻で白髪《しらが》の学者となったディゴリーが、どことなく第一巻に登場するアンドリュー伯父《おじ》に似《に》ている……？　そんな「宝《たから》さがし」をしながら新しい挿絵も楽しんでいただければ幸いである。

文章・挿絵《さしえ》ともに一新した新訳《しんやく》が広い年齢層《ねんれいそう》の読者に楽しんでいただけることを願《ねが》っている。

最後《さいご》になったが、この作品を翻訳《ほんやく》する機会《きかい》を与《あた》えてくださった光文社古典新訳文庫《こてんしんやくぶんこ》の創刊編集長《そうかんへんしゅうちょう》・駒井稔《こまいみのる》氏《し》と、訳文《やくぶん》に関《かん》する相談にいつも的確《てきかく》な指針《ししん》を示《しめ》してくださる光文社翻訳編集部《へんしゅうぶ》の小都一郎《おづいちろう》氏に心からの感謝《かんしゃ》を申し上げる。

読者のみなさん、続《つづ》く第三巻《かん》『馬と少年』をどうぞお楽しみに！

二〇一六年一一月

土屋京子

kobunsha classics
光文社古典新訳文庫

ナルニア国物語《こくものがたり》②
ライオンと魔女《まじょ》と衣装《いしょう》だんす

著者　C・S・ルイス
訳者　土屋《つちや》 京子《きょうこ》

2016年12月20日　初版第1刷発行

発行者　田邉浩司
印刷　萩原印刷
製本　ナショナル製本

発行所　株式会社光文社
〒112-8011東京都文京区音羽1-16-6
電話　03（5395）8162（編集部）
03（5395）8116（書籍販売部）
03（5395）8125（業務部）
www.kobunsha.com

©Kyōko Tsuchiya 2016
落丁本・乱丁本は業務部へご連絡くだされば、お取り替えいたします。
ISBN978-4-334-75346-7 Printed in Japan

JCOPY ＜(社)出版者著作権管理機構 委託出版物＞

本書の無断複写複製(コピー)は著作権法上での例外を除き禁じられています。本書をコピーされる場合は、そのつど事前に、(社)出版者著作権管理機構(☎03-3513-6969、e-mail : info@jcopy.or.jp)の許諾を得てください。

本書の電子化は私的使用に限り、著作権法上認められています。ただし代行業者等の第三者による電子データ化及び電子書籍化は、いかなる場合も認められておりません。

# いま、息をしている言葉で、もういちど古典を

長い年月をかけて世界中で読み継がれてきたのが古典です。奥の深い味わいある作品ばかりがそろっており、この「古典の森」に分け入ることは人生のもっとも大きな喜びであることに異論のある人はいないはずです。しかしながら、こんなに豊饒で魅力に満ちた古典を、なぜわたしたちはこれほどまで疎んじてきたのでしょうか。

ひとつには古臭い教養主義からの逃走だったのかもしれません。真面目に文学や思想を論じることは、ある種の権威化であるという思いから、その呪縛から逃れるために、教養そのものを否定しすぎてしまったのではないでしょうか。

いま、時代は大きな転換期を迎えています。まれに見るスピードで歴史が動いていくのを多くの人々が実感していると思います。

こんな時わたしたちを支え、導いてくれるものが古典なのです。「いま、息をしている言葉で」――光文社の古典新訳文庫は、さまよえる現代人の心の奥底まで届くような言葉で、古典を現代に蘇らせることを意図して創刊されました。気取らず、自由に、心の赴くままに、気軽に手に取って楽しめる古典作品を、新訳という光のもとに読者に届けていくこと。それがこの文庫の使命だとわたしたちは考えています。

このシリーズについてのご意見、ご感想、ご要望をハガキ、手紙、メール等で翻訳編集部までお寄せください。今後の企画の参考にさせていただきます。
メール　info@kotensinyaku.jp

光文社古典新訳文庫　好評既刊

**魔術師のおい　ナルニア国物語①**
C・S・ルイス
土屋京子 訳
異世界に迷い込んだディゴリーとポリーの運命は？　悪の女王の復活、そしてアスランの登場……。ナルニアのすべてがいま始まる！　ナルニア創世を描く第1巻（解説・松本朗）

**失われた世界**
アーサー・コナン・ドイル
伏見威蕃 訳
南米に絶滅動物たちの生息する台地が存在すると主張するチャレンジャー教授。恐竜が闊歩する台地の驚くべき秘密とは？「シャーロック・ホームズ」生みの親が贈る痛快冒険小説！

**地底旅行**
ヴェルヌ
高野優 訳
謎の暗号文を苦心のすえ解読したリーデンブロック教授と甥の助手アクセル。二人はガイドのハンスとともに地球の中心へと旅に出る。そこで目にしたものは……。臨場感あふれる新訳。

**八十日間世界一周（上・下）**
ヴェルヌ
高野優 訳
謎の紳士フォッグ氏は、八十日間あれば世界を一周できるという賭けをした。十九世紀の地球を旅する大冒険、極上のタイムリミット・サスペンスが、スピード感あふれる新訳で甦る！

**夜間飛行**
サン＝テグジュペリ
二木麻里 訳
夜間郵便飛行の黎明期、航空郵便事業の確立をめざす不屈の社長と、悪天候と格闘するパイロット。命がけで使命を全うしようとする者の孤高の姿と美しい風景を詩情豊かに描く。

## 光文社古典新訳文庫　好評既刊

### 新アラビア夜話

スティーヴンスン
南條　竹則
坂本あおい　訳

ボヘミアの王子フロリゼルが見たのは、「自殺クラブ」での奇怪な死のゲームだった。「ラージャのダイヤモンド」をめぐる冒険譚を含む、世にも不思議な七つの物語。

### 宝島

スティーヴンスン
村上　博基　訳

「ベンボウ提督亭」を手助けしていたジム少年は、大地主のトリローニ、医者のリヴジーたちと宝の眠る島へ。だが、コックのシルヴァーは、悪名高き海賊だった！（解説・小林章夫）

### ジーキル博士とハイド氏

スティーヴンスン
村上　博基　訳

高潔温厚な紳士ジーキル博士と、邪悪な冷血漢ハイド氏。善と悪に分離する人間の二面性を追究した怪奇小説の傑作が、名手による香り高い訳文で甦った。（解説・東　雅夫）

### 幼年期の終わり

クラーク
池田真紀子　訳

地球上空に現れた巨大な宇宙船。オーヴァーロード（最高君主）と呼ばれる異星人との遭遇によって新たな道を歩み始める人類の姿を哲学的に描いた傑作SF。（解説・巽　孝之）

### 水の精《ウンディーネ》

フケー
識名　章喜　訳

騎士フルトブラントは、美少女ウンディーネと出会う。恋に落ちた二人は結婚しようとするが……。水の精と人間の哀しい恋を描いた宝石のように輝くドイツ幻想文学の傑作。待望の新訳。

# 光文社古典新訳文庫　好評既刊

## トム・ソーヤーの冒険
トウェイン　土屋 京子 訳

悪さと遊びの天才トムは、ある日親友ハックと夜の墓地に出かけ、偶然に殺人現場を目撃してしまう……。小さな英雄の活躍を瑞々しく描くアメリカ文学の金字塔。（解説・都甲幸治）

## ハックルベリー・フィンの冒険（上・下）
トウェイン　土屋 京子 訳

トム・ソーヤーとの冒険後、学校に通い、まっとうで退屈な生活を送るハック。そこに飲んだくれの父親が現れ、ハックは筏で川へ逃げ出す……。アメリカの魂といえる名作、決定訳。（解説・石原剛）

## 神を見た犬
ブッツァーティ　関口 英子 訳

突然出現した謎の犬におびえる人々を描く表題作。老いた山賊の首領が手下に見放されて「護送大隊襲撃」。幻想と恐怖が横溢する、イタリアの奇想作家ブッツァーティの代表作二十二編。

## 盗まれた細菌／初めての飛行機
ウェルズ　南條 竹則 訳

「SFの父」ウェルズの新たな魅力を発見！飛び抜けたユーモア感覚で、文明批判から最新技術、世紀末のデカダンスまで「笑い」で包み込む、傑作ユーモア小説11篇！

## タイムマシン
ウェルズ　池 央耿 訳

時空を超える〈タイムマシン〉を発明したタイム・トラヴェラーは、80万年後の世界に飛ぶが、そこで見たものは……。SFの不朽の名作が格調ある決定訳で登場。（解説・巽 孝之）

★続刊

## ナルニア国物語③　馬と少年　C・S・ルイス／土屋京子・訳

カロールメン国に住む漁師の拾い子シャスタは、自分が奴隷として売られると聞いて、「もの言う馬」とともに逃げだしナルニアを目指す。道中、獰猛なライオンが背後に迫り……。少年の不思議な冒険と、異教国とナルニアの戦いに胸躍る第3巻。

## 幸福な王子／柘榴の家　ワイルド／小尾芙佐・訳

町の中心部に高く聳え立ち、自らの宝石や体を覆っている金箔を貧しい人々に差し出す王子像と、それを運ぶ燕。あまりにも有名な童話は、哀しいだけでも、愛だけでもない、おとなのための寓話だった!?　ワイルドの多面性を味わえる短篇集。

## ヒューマン・コメディ　サローヤン／小川敏子・訳

第二次世界大戦中、カリフォルニア州イサカのマコーリー家では父が死に、長兄も出征し、一四歳のホーマーが電報配達をして家計を助けている。家族や町の人々との触れあいの中で成長する少年の姿を描いた、可笑《おか》しくて切ない長篇小説。